「やっ、激しっ、無理っ、だめ……えっ」
カナちゃんは「はぁっ」と荒い息を吐いて続けた。
「悪……い、昴、止まれない」

エリート警察署長のお世話係に任命されたら溺愛が待っていました!?

にしのムラサキ

Vanilla文庫Miel

プロローグ 007

1 014

2（要視点） 044

3 072

4（要視点） 131

5 148

6 180

7（要視点） 212

8 222

9 258

番外編 278

Contents

イラスト／黒田うらら

プロローグ

愛はきっと、伝えない方がいい。

私がそんな結論に至ったのにはいくつか理由があるのだけれど、まあその理由のひとつとして友人たちとの会話の記憶があるのは否《いな》めない。

友人たちは、もう忘れているだろうけれど。

――愛のないセックスができるか、否か。

何年か前、飲み会の途中でそんな話になったとき、私の友人たちの反応は様々だった。

『無理無理！　好きでもない男に手も握られたくないのに』

『え、でもめっちゃイケメンならどう？』

『イケメンならあり』

『イケメンだろうと嫌《いや》！　それ遊ばれてるだけじゃん！』

『うーんでもさあ、一生で一回くらいものすごいイケメンとしてみたいかも』

『あたしはアリかな〜。ていうか、愛のないセックスあるよ全然。普通に友達とかと。後《あと》腐《くさ》れなくていい』

『え、嘘《うそ》！』

『なにそれ話聞かせて！』


高校以来彼氏がいなくて、おそらくその場で唯一の処女だった私はモヒートのグラスを握りしめて目を瞬《またた》いていた。

だって『後腐れなくていい』って言った子は、すっごい真面目で、道端に空き缶が落ちてたら自分で拾ってゴミ箱を探すような子だったのだ。真面目の権化《ごんげ》っていうか……

それが妙に衝撃で、私はモヒートに目線を落とす。炭酸の泡がミントの葉っぱの間からぷつぷつ上がってきている。

なるほど、どれだけ真面目だろうと……それとこれとは関係ない、って人もいるわけか。

女子でこうなのだから、男の人なら「愛のないセックスができる」割合はさらに増えるのかも……

それは、色々とお子様だった私にとって、ひとつの学びだったわけではあるのだけれど、……まあこのときは、数年後に私が自分自身でそんなものを経験するなんて思ってもいなかったのだ。

もっとも、私の方は愛があったのだけれど。

要《よう》は「切ない片想い」って感じで、そして彼の方はなんていうか「後腐れない」ものを求めているような、そんな気がしていたので。

だから私は、気持ちを伝えることなく、初めて私の心臓とかお腹の中とか脳みそとかをぐっちゃぐちゃにする感情――恋、を、毎日ごくりと飲み込んだ。

油断すると口から零《こぼ》れそうになる恋慕。

でもそれは「彼」は求めていないから、そんなことすると「後腐っちゃう」から、私は代わりに「気持ちいい」って喘《あえ》ぐ。

「んっ、あ、あっ、きもち、ぃ……っ」

シーツを握りしめる私のナカを、彼の骨張った男の人の指先がぐちゅぐちゅと攪拌《かくはん》していく。

ナカはもうトロトロで、多分お腹の中、どろどろに蕩《とろ》け落ちてる……

気持ち良すぎて思わず噛《か》みそうになった私の唇に、彼はそっと自分のそれを重ねてくる。

そうして甘く、低い声で猫を嗜《たしな》めるかのように言うのだ。

「噛まない」

「……ん、っ」

私はこうされるのが、たまらなく好きだ。

甘やかされている気がする。

大切に――されているような、そんな気がする。

ナカで蠢《うごめ》く彼の指先。

「あ、あっ、待って、それ、ダメなの」

自分の肉襞が彼のをきゅっ、と締めるのが分かった。きゅ、きゅっ、て痙攣して同時にこちゅこちゅと空気が混じる水音が零れた。

イきそうなの、丸分かりって感じだ……ああもう、恥ずかしくて頬が熱い。

彼は「ふっ」と笑って私のおでこにキスを落とす。

「可愛い」

私はその言葉に一瞬思考を奪われる――彼から発せられる「可愛い」って四音は、私を動けなくさせる魔法か何か、なのだろうか。

私がぽうっとしてしまっている間に、すっかり弱いところも把握されている私のナカを彼は淫《みだ》らな水音とともにさらに蕩かして――

「ん、ん……っ！」

びくん！　と身体を跳ねさせて、私はイく。

「あ、ぁ……」

頭の中が真っ白で、ちゃんとした言葉も出ない。ただ荒く呼吸をしながら力を抜いた私の膝裏を、彼はぐっと押して足を開かせる。

何度も身体を重ねているのに、どうしてもこの姿勢は恥ずかしくて、私はそっと目を逸《そ》らした。

その間に、コンドームをした彼の屹立がぐっ、と私のナカに入り込んでくる。くちゅ、と蕩けた水音と一緒に、先端の肉張ったそれが、私の肉襞を押し広げて――一気に、最奥まで。

「ぁあっ！」

思わず大きく喘ぎ、彼にしがみつく。

ナカがうねっているのが分かった。きゅんきゅん彼に吸い付いて、ぴくぴく震えて……

挿《い》れられただけで、イってしまって……

は、は、と息をする私の頭を撫《な》でて、彼が頬を緩める。とても嬉《うれ》しそうに。

いっそう甘やかな声で、彼が私を呼んだ。

「昴《すばる》」

あまり「女の子」らしくない、私の名前。

実際、私自身もあまり自分を「女の子」だと認識せずに育って……

なのに、彼は私に思い知らせてくる。

私はどうしようもなく、「女」なのだと。

「……どうしたの?」

私はナカをひくつかせながら、なんとか彼に問う。どうしてか、彼がとても嬉しそうだったから。

「いや——単に、昴のが、俺のに慣れたなあと」

そう言って彼は私のお腹を撫でた。

そうして目を眇《すが》めて「俺の」と呟《つぶや》くように言う。

「俺のだけ覚えてろよ、昴」

エッチをしているときに時折彼が言うその言葉は、身体を重ねるその場限りの言葉だとは理解している。それでも、彼の独占欲をひとりじめしているようで――

でも返事はできない。

あなただけだよなんて、とても言えない。

だって離れられたくないんだもの。

彼がこの街にいるほんの二年、三年――それだけの間、側《そば》にいられたらそれでいい。

彼が他の人と微笑《ほほえ》み合う姿を見せられなければ、それでいい。

だから私は、愛を告げる代わりに喘ぐのだ。

後腐れなく、都合のいい女でいるために。

1

それは、爽《さわ》やかな風が吹く五月の夕方の出来事だった。

「――カナちゃん？」

あり得ない、そんなはずない……そう思いながら、私は目の前の男性にそう呼びかける。

きりっと整った眉目、短く整えられた髪の毛、広い肩幅、男性らしい首筋と喉仏。おまけに背は私よりずっと高くて、声はずっと低い。

私の記憶のなかの「カナちゃん」とは、何ひとつ一致しない。本当に、何ひとつ。

そんな彼の、やっぱり男の人らしい筋張った指先が、そっと私の首にある傷跡を撫《な》でる。

小さな傷跡。普段は私ですら忘れている、小さな小さな勲章。

「傷が――残ってしまっていたんだな」

心地よい低い声に、僅《わず》かに悔しさのようなものが混じり、掠《かす》れた。その音に、なぜだか心臓がきゅんと跳ねる。

「あはは、そんな。小さな傷だし」

「けれど」

カナちゃん——まだそう呼んでいいのだろうか、かつて私が「女の子」だと思っていた小さなあの子が——今や私を見下ろして、ついでに言うと抱きとめて私を片手で軽々と支え、もう片方の指先で私の首筋を、傷跡を撫でて——

（……え？　あれ？　何、この状況？）

私が混乱に陥《おちい》っている間にも、彼の指先はそっと私の首を撫で続けている。その指先が、なんだかどんどん、熱を持って感じられて、私は微《かす》かな声を上げ、小さく身を捩《よじ》った。

どんな顔を——していたんだろう。

ハッとしたように彼は私から指を離す。彼の耳たぶがほのかに赤い。離れていく熱が名残惜しくて、私は彼を見上げる。ばちりと視線が、絡んだ。

空白の月日が、溶かされていく。

かつて「カナちゃん」だった彼と、かつて「昴《すばる》くん」だった私。

再会のきっかけは、今日の午前中に遡《さかのぼ》る。

新緑を揺らす爽風《そよかぜ》が頬を撫でていくのを感じながら、私はお城を眺《なが》めた。お城といっても某テーマパーク的な西洋のお城じゃない。安土桃山《あづちももやま》時代に築かれた、古式ゆかしき、忍者とかいそうな和風のお城だ。

自分が生まれ育った街をこう形容するのは、なんだか面映《おもは》ゆい気がしないでもないのだけれど、この街はなかなかに情緒と歴史がある街なのではないかと思う。

新幹線も止まる、神奈川《かながわ》県内のそこそこ大きな駅の中央口を出ると、目の前に例の古式ゆかしい大きなお城がある。

まあなにも目と鼻の先にあるわけではなくて、片側三車線の一・五キロほどのまっすぐな道路――大手前《おおてまえ》通り――の行き止まりがそのお城になるわけなんだけれど……久しぶりに見ると、なんだか「威風堂々《いふうどうどう》」という四文字熟語がピッタリくるような気もする。

五月の観光シーズン、それも土曜日のお昼前とあって、観光客の姿も多い。

それを横目にボケーっとお城を眺めていると、「あれ、昴ちゃん？」と背後から声をかけられ、振り向く。

「……あ、お久しぶりです。雄大《ゆうだい》のおばあちゃん」

雄大、とはこの街でお巡りさんをしている私の幼なじみだ。高島《たかしま》雄大。生まれたときからの腐《くさ》れ縁《えん》で、高校のときに付き合っていた元カレだったりもする。まあ割合すぐに別れたんだけれど——というか、キスすらしない内に「友達に戻ろっか」ってことになったんだけれど——なんやかんや今でも親友な彼のおばあちゃんには、幼い頃から可愛がってもらっていた。

「あらー！　すっかり綺《き》麗《れい》になって。女の人みたい」

おばあちゃんの言葉に「いや最初から女ですよ私は」と心の中で突っ込みつつ答えた。

「まあ、もう二十六なので落ち着こうかと……」

もっとも、おばあちゃんの言いたいことは分かる——「昴」という男の子みたいな名前のせいもあるかもしれないけれど、私は小さい頃、このあたり一帯の「ガキ大将」だったのだ。短い髪に真冬でも半袖半ズボン、同級生より頭ひとつ大きくて、多分世界最強だった小さい頃の私。

今やすっかり平均身長。髪だって伸ばしちゃって、なんだか「平凡な女」に育った私なのですけれどね。まあいまだに、自分に「女」としての自信があるかと言われれば、ないと答えざるをえない。がさつだし、男勝りだし。

「横浜《よこはま》で働いてるんだっけ」

「はい、イタリアンのお店で……」

でも辞めたんです、と私が言う前におばあちゃんは機関銃みたいに言葉を紡《つむ》ぐ。

「そうだったの？　雄大ったら、何も言わないんだから……ほんと男の子ってそうよねえ。全くもう。ね、昴ちゃん、いつまでこっちにいるの？　帰省にしては変な時期だけれど」

「うーん、多分ずっと？」

私は首を傾《かし》げ、辞めたこともついでに説明するために言葉を続けた。

「実はウチのパン屋、カフェを作ることになって」

「やだ、ご家老さんとこ繁盛されてるのね」

ご家老さん――という言い方に、私はまたもや苦笑した。

私の実家は、この街の商店街にある小さなパン屋さん。しかし家系図を辿《たど》れば、幕末まではこのお城――目の前に聳《そび》え立つお城――の筆頭家老だったとかいう、由緒正しいんだか正しくないんだかな家柄なのだ。

「繁盛しているかは分からないんだけれど、ほら、最近若い女性観光客増えたでしょ？　隣町の温泉効果で。それでちょっと『映えそうな』カフェを作るって祖父が言い出したらしくって」

「ふうん？　映えだかなんだかよく分からないけど、昴ちゃんが店長さんなの？」

「いえ、親が。私は手伝いなんだけれど、まあ半強制的に駆り出された感じ……」

いつだってうちの祖父は強引なのだ。

「まぁとにかく、昴ちゃんがこっちいてくれるなら雄大も喜ぶわ。昴ちゃん、どう？　雄大をお婿さんにするの」

「えー？　雄大？」

私は割と結構、嫌そうな顔をしていたと思う。だって別れた原因、雄大の浮気だったんだもの。でもおばあちゃんは、私と雄大がそんな関係だったたって知らないからなあ。

「そうよ。あの子ったらね、彼女も全然作らないの。それなりにモテてはいるみたいなんだけれど……誰か忘れられない本命の人でもいるのかしらって」

モテてはいる、って……まあもうさすがに二股とかしてないとは思うんだけど。

……してたら殴る。友達として鉄拳制裁も辞さない覚悟だ……と、なぜかチラチラ私を見ているおばあちゃんに首を傾げ、それから「あ」と呟《つぶや》いた。「忘れられない人」って、もしかして……

「雄大、カナちゃんのこと忘れられないんじゃない？」

「カナちゃん？」

雄大のおばあちゃんはきょとんと私を見る。私は「あれ？」とおばあちゃんを見つめ返した。

「いたでしょう？　カナちゃん。東京《とうきょう》の子で、確か小六くらいまでこっちの親戚のところに長期休暇ごとに遊びに来ていた、ボブカット……あー、おかっぱの女の子」

というよりはショートボブなのだろうけれど。でもあの日本人形みたいな雰囲気《ふんいき》は横文字より「おかっぱ」の方が似合う。

「えぇー？　そんな女の子、いたかなぁ」

「いたいた。お正月とか、真っ赤な振り袖着てて可愛かったたあ。色白で、真っ黒の髪で、お目目ぱっちりの。お人形さんみたいな。お姫様みたいな」

話しながら記憶が鮮明になっていく。

小さい頃、祖父が「遊んで差し上げろ」とたまにウチに連れてきていた、華奢《きゃしゃ》で小柄な女の子。敬語を使っていたところを見ると、多分いいところのお嬢さんだったんだろう。

「多分雄大、カナちゃんが初恋なんだよねえ……」

「そうかしらねえ？　違うと思うけれど……それに、お姫様といえば昴ちゃんだってお姫様じゃない。世が世なら、ご家老様のお姫様」

「姫って」

ガキ大将だった過去が脳裏をよぎる。誰が一番大きな蛙《かえる》を捕まえられるか競った小学生時代の私……お姫様？　思わず苦笑いする私に、おばあちゃんは何か思い出したように手を叩《たた》いた。

「あ、そういえば、よ。『若殿』が帰ってきたのは知ってる？」

「わ、若殿お？」

ご家老と姫に引き続き、あまりにも時代的な言葉に目を瞬《またた》く。

「誰それ」

「あのお城のご城主様よ」

そう言われて、私はお城を振り仰ぐ——ご城主様？

「世が世なら、ってやつ。なんでも警察署長さんらしいんだけど」

「警察署長？」

思い浮かべたのは、少し恰幅《かっぷく》のいい、人の良さそうな制服を着たおじさんの姿だった。

「署長さんなら、若殿って年齢じゃないんじゃない？」

「それがね、まだ三十前らしいのよ。キャリア組っていうの？　ほら、ドラマとかでよく出てくるでしょう？」

「あー、あの性格悪そうなエリートのね。メガネのね」

「やだ！　若殿はきっと性格もいいわよ」

何を根拠に……とは思うけれど、この街の人たちはこのお城を誇《ほこ》りに思っているので、その「城主」たる若殿にそう期待してしまうのも仕方ないことなのかもしれない。

「おじい様の代から東京に出られてて、ご本人も東京育ちらしいんだけどね」

「そうなんだ。じゃあもし会ったらご挨拶《あいさつ》しなきゃね」

なんて適当なことを言いつつ別れを告げて、私は商店街に向かって歩き出した。まあ「若殿」になんて、会うこともないだろう。

時折シャッターが下りている、それでもまだまだ活気がある商店街の一角に、私の実家である「ベーカリー舞岡《まいおか》」はある。

ふんわり香る、焼きたてパンの香りに食欲より先に郷愁を覚えた。帰ってきたんだなあ……って県内だからしょっちゅう帰省はしていたんだけれど。

お店のガラス製の扉を開くと、カランと可愛らしいドアベルの音がした。

「ただいまあ！」

笑顔でそう告げた……瞬間に、私は思いっきり腕を摑《つか》まれていた。

「昴！　いいタイミングで帰って来た！」

「お、おじいちゃん？　いいタイミングも何も、おじいちゃんが帰ってこいって……」

「そうだったか？　まあ話は後、後。昴、お前、若のお世話係をやりなさい」

私はきょとん、と満面の笑みの祖父を見つめる——背後には苦笑している白のコックコート姿の両親が見え隠れ。

「お世話係って、何?」

目を白黒させながら聞くと、何やら得意げにおじいちゃんは教えてくれた。

要《よう》は、さっき雄大のおばあちゃんが言っていた「若殿」の家で料理や掃除をしなさいということらしかった。

「何、それー。その『若』とやらが言ってきたの？　手伝いを寄越《よこ》せって」

私は少しイライラしながらお店の二階にある実家、そのダイニングテーブルにコーヒーを置いた。雄大のおばあちゃんは「性格もいいに違いない」なんて言っていたけれど、ほら！　きっといけすかないエリート野郎に違いない。

目の前には焼きたてのメロンパン。おじいちゃんの得意なパンで、正直これだけはどれだけの名店にも引けは取らないと思っている。

おじいちゃんはぶっちゃけ、傍若無人《ぼうじゃくぶじん》で周りを省《かえり》みない。全然人の話聞かないし――地球は自分中心に回ってる、って多分本気で思ってる。

今回だって「とにかく辞めて帰ってこい」って一方的に決められて――そんな、割と周りに（特に家族には！）迷惑をかけがちなおじいちゃんなんだけれど、パン職人としての腕はいい。本気でいい。

実のところ、前の職場《イタリアンレストラン》を辞めたのも、おじいちゃんのパン作りの技術をおじいちゃんが健在な今のうちに、ちょっとでも盗んでおきたいというのもあったのだ。

……まあ、普通に百歳とかまで元気でいそうなおじいちゃんではあるんだけれど……

そんなおじいちゃん作のメロンパンにもしゃりと噛《か》みついて咀嚼《そしゃく》。——うん、やっぱり美味しい。口の中いっぱいに広がるふんわりとした甘みにさっきまでの苛《いら》つきを忘れかけていると、「いや」とおじいちゃんが答える。

「若はこのことを知らん。単に家臣として、若をお支え申さねばという使命感のみよ」

「……それ、ご迷惑なのでは？」

私の冷静なツッコミは無視されて、強引に、ほんと無理やりに、私は「若殿」とやらが住まう市内で一番の高級マンションの集合インターフォンを押したのだった。

結局、

『昴、今後のお前の給料は誰が出す？』

『え、おじいちゃん……じゃないの？　そういう約束で』

『お前の給料は若のお世話係込みだ！』

『横暴‼』

というやりとりもあって、今に至るというか、なんというか……

なんやかんやの片付けなんかもあって既に時刻は午後四時、そろそろお忙しい時間帯なのでは……ああ迷惑そうにする超絶メガネエリートが思い浮かぶ……。

「……あれ、お留守？」

私はマンションのエントランス、オートロックの自動ドアの前で首を傾げた。ピンポーン、という音のみがだだっ広いエントランスに響く。

「帰りたーい……」

思わずひとりごとを漏《も》らしながら、私はしぶしぶもう一度「1110」の部屋番号を押す。なんか110番っぽい部屋番号なのはわざとなのだろうか。十一階の十号室のようだけれど。角部屋っぽい。

「……よし。ご不在みたいです」

私は小さく言い訳のように口にして、エントランスの自動ドアをくぐる。——と、ブレーキ音とともに目の前にスモークガラスの白いバンが、マンション前の歩道に滑り込んできた。

「へ？」

猫が車に轢《ひ》かれるのは、急に現れた危機に身体が硬直してしまうからだと聞いたけれど……人間も同様なのだろうか？　私もまた、ただ近づいてくる車をコマ送りのように認識していただけで……と「危ない！」と手を引かれた。

「きゃあっ」

思わず高い声が上がる。どうしよう生まれて初めて「きゃあ」なんて叫《さけ》んだ――と、私は誰かの腕のなかに閉じ込められる。

バンは不快な音を立ててハンドルを切り、車道に出て行った。

「……⁉」

私は肩で息をしながら、走り去って行くバンを見つめる。

何？　何があったの？

呆然としている私の頭上に、低く落ち着いた声が降ってくる。

「大丈夫ですか？」

私は抱きとめられたまま、その声の人物を見上げ、言葉を失ってしまう。

イケメンがいる。イケメンがいますよ。

身長は一八〇センチちょっとくらいだろうか。きりっとした眉と「眼光鋭い」とか形容できちゃいそうな涼やかな目元、男性らしい筋肉質な体つきは普段からスポーツか何かしているのかと推測できそう……って、私は何を品定めしているのだか。

「怪我はないですね？」

男性は私を離しながら少し安堵したように嘆息する。きっちりアイロンがかかったブルーグレーのシャツにチノパン。雑誌からモデルさんが飛び出てきたのかと思うくらいスタイルまでいい彼は、私の頭から足までをざっと見て「お怪我は」とスマホを取り出しながら言った。

「あ、いえ……っと、あ、ありがとうございました！」

私は慌ててぴょこんと頭を下げる。男性は私に目礼して、スマホで会話を始めた。「飲酒の」とか「薬物の疑い」とか言っていて、ええっと……？

男性は通話を切ってから「失礼」と私に目を向ける。

「私は警察官です。先ほどの車両、かなり不審な点があったため手配させてもらいました。何か話を聞かれるかもしれませんが……こちらの住民の方ですか？」

男性が目でマンションを示す。私はゆるゆると首を振る。

「い、いえ。違います。私、ここの……えっと、１１１０号室の片倉《かたくら》さんって方に用事が」

男性は少し驚いたように眉を上げた。

「ウチに何か？　１１１０号室は俺の家ですが」

「か、片倉さん？」

私は男性改め片倉さんをまじまじと見つめる。

若殿、とんでもないイケメンさんじゃん……っていうか、「警察官です」って、署長さんじゃんか。

「あー、あの、私、舞岡の家のものです……」

片倉さんは軽く考えるそぶりをしたあと、「ああ」と頷《うなず》いた。

「パン屋の」

「そうです、パン屋の」

私は眉を下げた。とりあえず全くこちらのことを知らない、ということはなさそうだ。

「ええと、家のものに言われまして。片倉さんのお手伝いをするようにと」

「手伝い？」

「はあ。食事やら掃除やら……？」

「……？」

見える。片倉さんの頭の周りにクエスチョンマークが乱舞しているのがはっきりと見える。ええい、なんか小っ恥ずかしいけどはっきり言うしかない。

「あの、片倉さんのご先祖様があのお城でお殿様だった頃、ウチの祖先は家老を勤めておりまして」

「ああ、その話なら聞いたことが」

「家臣として片倉さんに……『殿』にお仕えしてこいと、そう祖父から厳命されまして……」

しどろもどろになりつつ、とにかく「仕方なく来たんですよ私ってば」というのを表情で必死に伝えた。片倉さんはなんだかとっても微妙な顔をして、私に向かって口を開く。

「……あの」

「……はい」

「俺は大丈夫なので……」

「……ですよね」

お互いにめちゃくちゃ苦笑いしている。もう、なんだこれもうー！　おじいちゃんのせいで、イケメンさんにすっごい呆《あき》れられてるよう……

「で、ではこれで失礼しますっ！　突然失礼しました」

私はやや早口になりつつそう告げて、勢いよく回れ右を決める。それを見て片倉さんが「あ、申し訳ないのですが先ほどの事故の話を」と口にした。

「あっ」

そうか、お巡りさん来るのか今から――と慌てて足を止めて、そのせいで歩道のタイルの隙間に、私のパンプスのヒールが引っかかってしまった。

「ひゃあ」

どちらかというと可愛らしくない悲鳴を上げて、私は思いっきり片倉さんにしがみついてしまう。しっかりと支えられて、動じもしない逞《たくま》しい身体。ほのかに香るいいにおいは、香水だろうか整髪料だろうか、もしやイケメンは皆こんないい香りが……って、そんな場合じゃない！

一日に二回もイケメンに抱きついている！

運がいいんだか、悪いんだか……

「大丈夫ですか」

「す、すすすすみませんっ」

慌てて身体を離そうとして――できなかった。なぜだか片倉さんが、しっかりと私の肩を摑んで私の首を凝視している。

「あ、あのう……？」

私の首、そんなに変かな？

まあ確かに、ちょっと変わった特徴がある。

ひとつはハート型の小さな茶色いアザ。これは生まれつき。

もうひとつは、その横についた傷跡……「名誉の負傷」の傷跡だ。雄大の初恋の女の子、

「カナちゃん」が誘拐されかけたとき、彼女を庇《かば》ってついた傷跡。

傷自体は大したことなかったのだけれど、私自身が大雑把《おおざっぱ》で傷のケアとか全然しなかったから跡が残ってしまったのだ。

……もっともいまだに気にしていないから、やっぱり本質的には私は「ガキ大将」時代から変わっていないのかもしれない。

「すまない。違っていたら申し訳ないんだが」

「はあ」

「昴くん、か……?」

「へ?」

私はきょとんと、と何やら真剣な顔をしている片倉さんの端正な顔を見上げた。

「え、あ、はい。舞岡昴、です。小さい頃は確かに『くん』付けで呼ばれて……」

「……っ、女性、だったのか」

「はい。あはは、よく男の子に間違えられてて。ていうか、小さい頃会ったことあります?」

「俺だ。片倉かなめ」

「……?」

私は軽く首を傾げた。かなめ……？

「きみたちには『カナちゃん』と呼ばれていた」

「カナちゃん？　カナちゃん、うーん……カナちゃんっ⁉」

私は小さく叫び、思わず彼の服を摑む。

「あの、カナちゃん？　赤い振り袖着ていた、あの」

私は一度息を呑《の》んでから、続けた。

「――カナちゃん？」

嘘《うそ》でしょ？　あの「女の子オブ女の子」の、カナちゃんが……なんで今「イケメンオブイケメン」みたいな男性になって私のこと抱きしめてるの？

「傷が、残ってしまっていたんだな」

私の驚愕をよそに、若殿で片倉さんなカナちゃんが私の首筋に、その筋張った男性らしい指先を這わせる。心配げに顰《ひそ》められた眉……の下のすっきりした目元に、私はようやく「カナちゃん」の面影を見た。心配されるのが、急に申し訳なくなった。

「あはは、小さい傷だし」

「けれど」

カナちゃんはそう言って、まるで傷跡を消そうとしているかのように私の傷跡を優しく

撫《な》でる。その指先の熱が、肌を蕩《とろか》してしまいそう、で……

「ん、っ」

思わず上がった甘えた高い声に自分でも驚く。驚くっていうか、頬が赤くなる。

（わ、私っ、何をっ）

そんな私より、よほど慌てたのがカナちゃんだった。首まで赤くして私から手を放して、距離を取り――つつも、私の姿勢に気をつけてくれるところが、なんていうか紳士だ。

「す、すまない」

「えっ、あっ、いや、そのっ、全然！　ごめんねくすぐったくて……！」

ぶんぶんと手を振る私の顔を見下ろす、二十センチ以上は高いところにあるカナちゃんの顔。

「……男の子、だったの？」

ああ、とカナちゃんは眉を下げた。

「というか、女子だと思われていたのか」

「だって振り袖着ていたし……」

それに思いっきり苦笑して、カナちゃんはカードキーを取り出した。

「良ければコーヒーでも飲んでいかないか？」

そうして軽く肩をすくめる。

「なぜあんな格好をしていたか、説明してもいいだろうか？」

カナちゃんの家は、なんだかすっきりとしていた。すっきりとしていたというか、生活感がないというか……段ボールだらけだった。要《よう》は何もない。

「いつこっち来たの？」

「ひと月ほど前か。なかなか片付かなくてな」

カナちゃん──正確には片倉要《かなめ》さん──が淹れてくれたホットコーヒーをひと口飲んで、私はぐるりと部屋を見回す。

段ボールのほかにあるのは、私が今座っているソファと目の前のローテーブル、大型のテレビくらいのもの。書類や本がローテーブルの上に積み重ねられていて、コーヒーを置くこと自体ためらいを覚える。

ダイニングには冷蔵庫だけ。ちらりと見えたキッチンは、三口コンロでシンクも広く使いやすそうだけれど使用された形跡はない。あるのはコーヒーメーカーだけ。

本来ダイニングテーブルを置くだろう場所では、寂しく吊《つ》り下げ型のライトが揺れていた。

「……生活してる？」

「しているぞ」

「住んでる？」

「住んでるぞ？」

めちゃくちゃ不思議そうにカナちゃんは私に答えて、無造作に私の横に座ってきた。すぐ隣にある大きな熱にちょっと驚いて、彼を見上げた。

「どうした？」

「いやー……本当にでかくなったなあって、カナちゃん」

「昴くんは……縮んだ」

「ち、縮んでない！」

私は唇を尖《とが》らせる。

「カナちゃんが大きくなったんでしょう！」

ムキになる私の顔を見て、カナちゃんが楽しげに喉で笑う。口元をその大きな手で覆《おお》って……と、その手の甲に大きな傷跡があることに気がついた。

（あれ？）

頭の中で、何かが閃《ひらめ》きかけて、消えていった。何か大事なことを忘れているような……

（っ、ていうか！）

楽しげに細められたカナちゃんの瞳。揶揄《からか》われただけか……って、なんだか「大人の男の人」らしい仕草に妙にドキッとしてしまう。

というか「大人の男の人らしい」も何も、きちんと大人の男性なのだなあ、と改めて思う。小さい頃は意識していなかったけれど、聞けば私よりふたつ年上の二十八歳だということだ。

もごもごとコーヒーカップを両手で抱え俯《うつむ》いた私に、カナちゃんが「俺があんな格好をしていたのは」と口を開く。

「元服《げんぷく》までは『女子として暮らす』というウチの伝統のせいなんだ」

「女子として……？　なんで」

「なんでもな、昔は男子の生存率は女子に比べて低かったそうなんだ。そもそも子供の生存率自体、今ほど高くなかったらしい」

「ああ、聞いたことある。七歳までは『神様の子』だって……」

それは、子供はいつ死ぬか分からなかったから。無事に生まれても、無事に成人するかどうかすら怪しかった時代。子供の無事な成長を祈り祝う七五三という行事は、その名残なのだそうだ。

その話をすると、ん、とカナちゃんは頷いた。

「概《おおむ》ねその通りだ。そのせいで、嫡男は……いやまあ、今時嫡男も何もないとは思うんだが……こちらの親戚のところで行事があるときは元服の十三歳まで、女性の格好をしていたんだ。その方が元気に育つだのなんだので」

「ああ、それでお正月は振り袖を」

すっかりと納得して、私は頷いた。中学生になってからは部活だのなんだので忙しく、こちらに来ることもなくなったらしい。そして身長はそこからめきめき伸びたのだそうだけれど……

まあとにかく「旧家のしきたり」ってやつのようだった。

「けれど、普段は普通に男子として暮らしていたぞ……？　服だって」

「そういえば」

私は目を瞬く。カナちゃんが私服でスカート穿いてるのは見たことなかったかも……いや、当時の私もそうなんだけれど。

「昴くんのおじいさんにも、きちんと男子扱いされていた記憶があるんだが……」

「そうだっけ……でもみんな、女の子だって思ってたよ。可愛すぎたもん」

「可愛い」

カナちゃんは苦笑して自分の頬を撫でる。

「今では跡形もなくなったが……まぁ、確かに昔の写真を見ると間違われても仕方ないとは思う」

そう言ってからカナちゃんは「おじいさんはお元気だろうか」と目を細める。

「おじいちゃんはねえ、相変わらず自由気ままの唯我独尊《ゆいがどくそん》！　って感じだよ」

私の答えに、カナちゃんは懐かしそうに破顔した。

「良かった。また改めてご挨拶をとは思っているのだけれど」

「え、いいよいいよ。なんか、今回も勝手に暴走してるし、ごめんねほんと急に押しかけて」

でも、と私は笑ってしまう。

「おじいちゃん、びっくりするかも。カナちゃんの変貌っぷりに」

「可愛さが消えたことに対してか？」

面白げに言うカナちゃんに、私はつい思ったままを口にする。

「ん？　可愛さが消えたっていうか、すっごいイケメンになったっていうか」

カナちゃんが目を瞬く。それから目を逸らして「ありがとう」と呟いた。目の縁が赤い。

なんかすぐ赤くなるタイプなのかなカナちゃん……

「昴くんは」

視線を戻して、カナちゃんが言う。

「その、綺麗になった。とても。すごく」

「……あ、ありがと？」

私ももしかしたら、負けず劣《おと》らず赤いかも。なんかお互いモジモジして……ん、なんか居た堪れないぞこの雰囲気！

私は空気を変えるように明るく言う。

「あ、あのさ！　カナちゃんさえ良ければ、なんだけれど……やっぱり『お世話係』させてもらえないかな？　お手伝いさん、の方がいいのかな？　とりあえず、部屋を片付け終わるくらいまでは」

私がそう提案したのには、理由がある。

だってこのままだとカナちゃん、栄養失調とかになりそうなんだもの。多分、カナちゃんって私生活より仕事タイプの人！

「私ね、レストランで働いてたの。料理は得意だし、一人暮らしも長かったから掃除とかもそこそ……あっ！」

はっ！　と大事なことに気がついて、私は手で口を覆う。

「どうした?」

「あ、あのさカナちゃん。もしかして彼女さんとかいたり?　だったら嫌《いや》だよね、彼女さん」

自分の彼氏の家に「お手伝いさん」とはいえ同年代の女が出入りするのって、すごく嫌だと思う。

カナちゃんはイケメンさんだし、物腰柔らかですごいモテそうだし、普通に付き合ってる人がいてもおかしくない……っていうか、いるに決まってる!

けれどカナちゃんはそれに対して苦笑で返してきた。

「いない。残念ながら多忙すぎて、恋愛する余裕がないというか」

「そ、そうなの?」

そうなんだ、と別に残念でもなさそうにカナちゃんは答えて、それからじっと私を見る。

その目になぜか心臓がどきんと拍動して、私はこっそりと手を握りしめた。そんな私を知ってか知らずか、カナちゃんは真剣な顔で私を見つめて口を開く。

「……いいのか?」

カナちゃんは眉を下げた。

「おそらくこの生活ぶりを見て心配してくれているんだろうが……昴くんの仕事とか、それこそ交際している人は」

　彼氏からしたら嫌だろう？　と私と同じことを考えたらしいカナちゃんが言う。

「あ、大丈夫大丈夫。彼氏も切ないことにもう何年もいないし、実はうちのパン屋、カフェ始めるんだよね。そのために前の仕事辞めちゃったとこなんだ」

　ちょっと暇なんだよねー、とカナちゃんを見上げると、カナちゃんは「それなら」と唇を動かした。

「お願いできるだろうか……」

「もちろん！」

「給料なんかはちゃんと」

「え、お給料？　……えーと、じゃあ食材費もらえたらそれで」

　ていうか、こっちから押しかけてますしね。そもそもパン屋で働くお給料に「お世話係」も（勝手に）含まれてしまっているし……食材費とかもおじいちゃんから出そうな気もしている。

「いや、それは悪い。昴くんはプロなんだろう？　今までの努力にただ乗りするようで」

「ううん……」

　真面目だ。クソ真面目に育ったなあカナちゃん……

「あ、じゃあさ、試食係になってよ」

試食係？　と聞き返してくる彼に、にっこりと微笑《ほほえ》んでみせる。

「日替わりのランチとか出す予定だからさあ、色々メニュー決めなきゃなんだ。その試食」

「試食にしたって料金はかかるだろう？」

何がなんでも払う！　って感じのカナちゃんをなんとか説得して、とりあえず食材費はカナちゃん持ちで、ってことで話がまとまった。

なんかまだ納得してなさそうだけれど、押しかけ家臣だしなあ。これでカナちゃんからもお給料もらったら、なんか詐欺感あるよ。

「ふふ、これからよろしくね、カナちゃん」

「こちらこそ」

私たちはがしりと握手を交わす。

その手は記憶よりずっとずっと大きくて、私の心臓はやっぱり大きく拍動してしまったのだった。

2 〈要視点〉

なんだか変な気分だ。ずっと年上の男の子だと思っていた相手が女性で、十五年の歳月を経て、今……目の前でニコニコと俺を見ているだなんて。

「ん？　どうしたの、私の顔、何かついてる？」

そう言って昴《すばる》くん――なかなか小さい頃からの呼び方は変えられないものだ――が首を傾《かし》げる。自分で言うのもなんだがひどく殺風景なリビングのソファに俺と並んで座って、ニコニコと俺を見上げた。

目の前のローテーブルには、午前八時半の朝陽に照らされたパンとサラダとコーヒー。昨日の今日で、昴くんは「お世話係」もとい「お手伝いさん」としてさっそく朝から来てくれたのだった。

「いや。日曜日に申し訳なかったな」

「あはは、いいよいいよ。ずっと接客業だからさ、土日が休みって感覚、あんまないんだよね」

昴くんがそう言ってホットコーヒーを口にする。俺はなぜかその仕草を目で追った。

幼い頃いつも快活な笑みの形を描いていた唇は、リップなのだろうか口紅なのだろうか、控えめだけれど艶《つや》やかに彩られていて――

昴くんが「やっぱり何かついてる?」と首を傾げるものだから、ようやく俺はまたしても彼女の顔を凝視していたことに気がついた。なぜだか慌ててしまい、焼きたてだというパンに齧《かじ》りついて……そうして、思わず目を瞠《みは》った。

「……うまい」

「ありがとう。実はそれ私作」

嬉《うれ》しげに唇を綻《ほころ》ばせる昴くん。俺はやっぱり彼女の表情から目が離せない。

朝食後、一週間分の食材を買いに一緒に出かけることになった。

「ひとりで買ってくるのに」

「重いだろう」

「料理人は力があるんだよ!」

そう言って力こぶを作るポーズをするけれど、その細腕のどこに……としか思えない。

駅の近く、昴くんの実家もある商店街で、買い物をする。次々と食材を買っていく昴くん。お店の人は大抵顔見知りらしく、和やかに会話をしている。紹介されるたびに「ああ、若様ですか」と言われるのには、多少、いや結構、閉口したけれど……

「なんか色々買っちゃってるけど、いい？」

「構わない。というか、料理が楽しみだ」

自分のことをあまり食事などに構わないタイプの人間だと思っていたけれど、いざ三食を饗《きょう》されるとなると楽しみになるのだから、俺もかなり現金だ。

「そう？」

昴くんが俺を見上げ目を細める。

ふと、ここを行き交う他の人たちから見ると、俺たちはどう見えるのだろうと考えた。もしかしたら新婚カップルだと思われているんじゃないだろうか――そう考えて俺は慌ててその考えをかき消した。慌てる必要性も、よく分からないのだけれど。

買い物が終わったあと、「面白いもの見に行こうか」と誘われて駅前までぶらぶらと歩いた。右手には食材が詰まった――とはいえ一人暮らしだ、そう大量でもない――エコバッグを持ち、左手には五キロの米袋を抱えて。

「どっちか持とうか？　重くない？」

「いや、特に。それに俺が食うものだし」

俺を見上げる彼女の目が、何度か瞬《またた》かれる。

「どうした？」

「……なんでも」

そう言って昴くんは俺から目を離す。なんとなく目の縁が赤い気がした。

その後は益体《やくたい》もない世間話をしつつ、昴くんが時折思い出したように楽しげに含み笑いをしながら連れてきてくれた「面白いもの」がある場所とは——俺としては馴染《なじ》みがあるものだった。

白い建物、赤いランプ、看板には「駅前交番」の文字。とはいえ総合職《キャリア》という職務柄、実際に交番勤務を経験したのは二ヶ月ほどに過ぎないのだけれど……

そこで姿勢良く立番《りつばん》をしている警察官——階級章は巡査部長——に向かって、昴くんが「雄大《ゆうだい》！」と声をかける。俺はその名前を聞いて少し驚いた。「雄大」もまた、幼い頃このあたりでよく遊んだひとりだ。

「ん？　なんだよ昴、こっち帰ってくるなら連絡くらい——落とし物でもしたのか？」

そう言いながら彼は俺の方を見て、ほんの少し目を眇《すが》めた。敵意のこもったその視線に苦笑を返す――なるほどな。

(昴くんのことが好きなのか)

呆《あき》れるほどにストレートな視線だった。

ちり、と胸の奥が微《かす》かに痛む。痛みの正体も分からぬうちに、昴くんが楽しげに俺の背中を押して雄大の前に連れて行く。

「違う違うー。ねえ、この人だーれだ」

「……知らねぇよ」

雄大の眉間の皺が深い。視線の高さは、俺とほとんど同じようだった。

「ほんとにぃ？　知らないの？　いいの？」

「だから、何がだよ」

「片岡要《かたおかかなめ》警視だよ？　雄大のところの署長さんじゃないの？」

「――っ、署長!?」

慌てたように敬礼をする雄大に、エコバッグを歩道に置き敬礼を返す。それから笑いを堪《こら》えて唇が震える昴くんに視線を向けた。こういう悪戯《いたずら》っぽいところは、ガキ大将だった幼い頃の昴くんと変わっていないな、と懐かしく思う。

「ちょっと意地悪なんじゃないか？　昴くん」

「ふふふ。雄大、あのね。この片岡署長、またの名を」

楽しげな顔で雄大を見上げ俺を紹介しようとするその仕草にまたもや目を奪われながら、彼女より先に口を開いた。

「久しぶりだな、雄大。カナだ。覚えているか？」

「……？」

敬礼していた右手を下ろしながら、雄大は首を捻《ひね》る。俺の横で昴くんが不服そうな顔をしているのが何やら可愛らしい。自分で驚かせたかったのだろうか。

雄大は思い切り眉を寄せた。

「カナ……？」

「赤い振り袖を着ていた」

「カナちゃん⁉」

ばっ！　と俺を指さし、それから慌てたように手を下ろした。そうして完全に混乱している顔で「え？」「女……子じゃなかったのか？」と目を大きく広げる。

「そんなに驚かなくても……」

目を白黒させている雄大に、昨日昴くんにも説明していたウチの「しきたり」をざっと説明する。

「へぇー……」

「びっくりしたでしょう？　雄大の初恋の女の子がこんなにイケメンに育っていたから」

「え」

「は⁉」

俺と雄大は顔を見合わせる。初恋？

俺は固まったままの雄大に向かって眉を下げた。

「あー……それは悪かった。しかし俺としては決して騙すつもりは」

「ちょ、カナちゃん、ストップストップ！　違う、初恋してねぇ！」

「え、雄大、初恋まだなの？」

昴くんが口を挟む。雄大は慌てたように首を振った。

「いや、初恋は継続中だけれども！　カナちゃんじゃねぇし！」

「継続中なの？　うっそ。誰々～？」

「うるせぇよ！」

顔を真っ赤にして昴くんを見つめる雄大。なるほど、なんというか、不憫《ふびん》だ。

「……笑ってんじゃねぇよ、じゃねぇか、笑わないでいただけますか片岡署長」

「いや。というかプライベートでは昔みたいに普通に話してくれ。俺と雄大の仲だろう」

「どんな仲だよ」

「初恋の」

と、昴くんが口を挟んだ。

「だから違《ちげ》えし！」

俺は肩を揺らす。このふたりの雰囲気《ふんいき》、十五年前と変わらない――そのことに、ひどく安心を覚える。

「というか、着任の訓示のときはいなかったか」

お巡りさん、である雄大が所属しているであろう地域課を含め各部署を挨拶《あいさつ》回りしたのだけれど、外勤である雄大はPB《ここ》にいたか、あるいは非番か休みだったか。

昴くんはともかく、雄大はそのまま大人になったような雰囲気だ。顔を見れば既視感を覚えていただろう。

「あー、すっげえイケメンが来たって騒ぎになってるのは知ってたんだけど……、いや顔見ても分かんねえよ。変わりすぎだろ」

そう答えつつ、雄大が頬をかく。

「というか、署内ではカナちゃん超怖がられてんだけど」

「……」

無言で軽く眉を上げるにとどめた。

自覚はある。厳しすぎるのかもしれない。けれど治安を、人を、街を守る警察官である以上、自他ともに対して峻厳《しゅんげん》であるべきではないのだろうか。

昴くんがきょとんと俺を見上げる。俺はできるだけ朗らかに見えるように笑顔を作って雄大に向かって言う。

「まあ、そのうち飲みにでも行こう」

「あー、そりゃぜひ……」

雄大は複雑な表情で言う。

「今日は?」

昴くんが俺と雄大を交互に見つめる。

「久しぶりの再会だしさ。雄大、仕事何時まで?」

「あー……お前さ、ほんとオレに興味ないよな?」

「なんで?」

「昴くん、交番勤務の警察官は原則二十四時間勤務だ」

俺の言葉に、昴くんが目を丸くする。

「えー、うそー、そうだっけ」

「そうだよ。ったく」

　残念、と眉を下げる昴くんが「じゃあカナちゃん飲み行く？」と無邪気に俺を見上げた。

　雄大が思い切り俺を睨《にら》む――

　こうなると、果たしてふたりきりで夕食に行っていいものかどうか迷う。これから世話になるのだし、なにがしかのお礼はしておきたい。夕食の誘いは渡りに船だった。しかしふたりきり、となると明らかに昴に思慕している雄大に悪いような気もしてしまう。

　迷ったまま一緒に買い物を済ませてまたマンションに戻った。時刻はお昼前――昴くんが昼食と夕食を作って冷蔵庫に入れておくからとキッチンでぱたぱたと動き出したとき、ようやく俺は「昴くん」と彼女の名前を呼んだ。

「なあに？」

「よければ、やっぱり夜に食事に行かないか？　これからしばらく世話になるのだし、せめて」

　言いかけながら気がつく。

　これは「料理人」たる彼女にはどう聞こえるのだろう？　自分の料理より、他の人の料理が食べたいだとか、そんなふうに聞こえていやしないだろうか？

　ぽかんと俺を見ている昴くんに、慌てて口を開く。

「あ、これは……違って。昴くんの料理を食べたくないとかではなくて、いやむしろ食べたいんだが、そうではなくて」

昴くんは目を何度か瞬いて、それから花が咲くように笑った。

「あっはは！　いいよ、もちろん。ていうか私から誘ってるしさ！　なんかカナちゃん、やっぱりすっごい真面目に育ったねぇ」

「よく堅苦しいと言われる」

苦笑しながら返すと、昴くんが「そんなことないよ」と真剣な顔をする。

「私はそういうの、大切だと思う。大切っていうか、うん、かっこいいと思う」

「かっこいい」

思わず復唱をする俺に、昴くんの頬が真っ赤に染まる。

「え、あ、ええっと！　ええっと、警察官として？　うん、そう、そんな感じ！」

「け、警官としてか。うん、まあ、そうかもな」

なんで俺はこんなに慌てているのだろう？

真っ赤になって俺を見て笑う彼女に触れたく思うのだろう？

そんなわけで、夕方にまた待ち合わせをして昴くんお勧めの居酒屋で食事をして――

おでんと海鮮が名物だというその居酒屋で、俺たちは色々な話をする。

昴くんが料理人を目指したのは、おじいさんの作るメロンパンが美味しかったから。

「カナちゃんは、なんでお巡りさん？」

それもキャリアさんなんて大変でしょう？　と言う昴くんが、はっと気がついたかのように言う。

「あ、分かった。カナちゃんみたいに犯罪に巻き込まれるような子供を作らないためとか？」

「ん？」

俺はこくんと日本酒を飲み込みながらその言葉を咀嚼《そしゃく》する――俺みたいに？

「あれ？　違った？　ほら、カナちゃん誘拐されたときのこと」

「……その傷がついたときのことか？」

「そうそう」

昴くんが明るく自分の傷跡に触れた。うっすらと、しかし確かに残っている首の傷跡。

俺は一瞬だけ昴くんの瞳を見つめて、それから柔らかな間接照明に照らされる猪口《ちょこ》の中の日本酒に視線を移した。とろりとした辛口の酒精に、照明の輪が浮かぶ。

……俺の記憶が正しいならば、俺と昴くんの間には、何やら認識の違いがある……ようだった。

視界の隅に自分の右手の甲が目に入る。「あのとき」についた傷——その痕《あと》。

（あのとき誘拐されかけたのは……）

けれど、それを指摘してなんになる？

もしかしたら、あの記憶がショックすぎて知らぬ間に記憶が曖昧《あいまい》なのかもしれない。

だから——

「そう、かもな」

俺は、そう答えるに留《とど》めた。

「すごいねえ」

昴くんが朗《ほが》らかに、そして柔らかく笑う。

「ところで、カナちゃん付き合ってる人いないってホント？」

「本当だ。昨日も言ったが……恋愛よりも優先することが多すぎて」

「ふーん。カナちゃんくらいイケメンだと、周りの人がほっとかない気もするけど」

その言葉に軽く肩をすくめた。思い返せば、そういったこともないでもない。けれど恋愛する気にならなかった、というのが実情だ。俺がイケメンかどうかはともかく。

「昴くんはどうなんだ？」

俺の問いに、昴くんは苦く笑った。

「あーのねー。私、恋愛無理っぽい」

「？　無理？」

「そうそう。高校のとき元カレに浮気されてさー。向こうも隠す気なかったのか油断してたのか、すぐに気がついて大喧嘩になったんだけどね。なんか『昴なら大丈夫だと思った』的なこと言われちゃって」

「大丈夫、とは」

思わず言いさして、言葉が続かなかった。大丈夫ではないだろう。恋人に浮気をされて、傷つかないはずがない。

「んー？　まあ私、半分男子みたいな感じだったしね、高校のときも。その人と付き合ったのも友情の延長みたいな感じだったのかな？　どうやら私に恋をしていた訳じゃなかったみたいだし……お互いそうだと思っていたのかもね」

だからあんなふうに怒るなんて思ってもみなかったのかも、と昴くんは続けた。

「だからね、それ以来、なんか恋愛無理。信頼してる人にそんなことされると思ってなかったんだもん」

言いながらビールを口にして、苦いものを飲み込んだかのような笑顔を浮かべる昴くんの表情は――ひどく傷ついて見えた。

「それでさ、分かったの。私、男の人にあんまり女に見てもらえてないんだろうなあって」

「そんなことはないだろう」

反射的に言い返す。昴くんは眉を下げた。

「あは、慰《なぐさ》めてくれてありがとう。でもね、ほんと……自信無くしちゃった。まあ元々そんなものなかったんだけどね！」

「昴くん」

「あはは、ごめん。酔っちゃったかな。変な話しちゃったねー」

切り替えるように、昴くんはそう明るく言って首を傾げるから――

俺は、どうしようもなく、昴くんを抱きしめたくなってしまった。

そうして、気がつく。昴くんは「信頼している」と言ったのだ。「していた」ではなく。

（まだそいつのことを信頼してる？）

もう恋愛なんて無理だと、そう思ってしまうほどに裏切られたのに、なのに。

そう思うと、ひどく腹立たしくなって――俺は猪口の日本酒を、一気に飲み干したのだった。

その、帰り道。昴くんを家まで送る途中のことだった。

「あ、ねえ、カナちゃん。この公園覚えてる？」

くい、と昴くんに袖を引かれる。わざとではないにしろ、上目遣いでそんなことをされるとこう、なんだか照れが出てしまう。

女性として意識しているというよりは、単に久しぶりに会った幼なじみが昔と変わらなく接してくれていることが面映《おもは》ゆいだけかとは思うのだけれど。

「よく遊んでたとこ。ほら、あのブランコとか」

「……この公園だったか？」

そんな返答をしてしまう。

こんなに小さな公園だっただろうか？　滑り台はあんなに低かったか。ジャングルジムはあんなに小さかったか？

夜闇のなか、街灯に照らされてぼんやり浮かぶ遊具たち。俺たちはどちらともなく、自然に公園に足を踏み入れていた。

公園をぐるりと取り囲む低い生け垣は全て躑躅《つつじ》で、今や盛りと言わんばかりにパッションピンクのと真紅の花で埋めつくされていた。

「あ、ブランコしよう、ブランコ！」

昴くんが足早にブランコへと向かう。五月の夜風に、微かに揺れていたブランコ。彼女はそこに腰掛けて「久しぶり」と笑った。

きぃ、きぃ、と漕ぎ出す音に惹《ひ》かれて、俺も彼女の横でブランコに座ってみる。

「……」

「あはは、低くて漕げないね」

俺は苦笑して昴くんを見つめた。地球の重力から逃れんとばかりに強く漕がれるブランコ――

（ああ、昴くんだ）

昔もこうだった。

全身で遊んで、全霊で笑って、全力で泣いて。それが昴くんの魅力だった。

「あ、癖《くせ》でちゃった」

昴くんが楽しげに言って、彼女のつま先から靴が夜の空中に弧《こ》を描いて飛んでいく。

「あー、明日雨だね」

楽しげな昴くんの声。裏返ってグラウンドに落ちている靴は、街灯の下でライトアップされているようで。

き、きぃ、と昴くんがブランコのスピードを落とす。そうして片足跳びで取りに行こうとするから、俺は彼女を手で制す。

「俺が行く」

「え、悪いよ」

「いいから」

靴下汚れるぞ、と歩きながら言うと昴くんは「転《こ》けたりしないのに」と不服そうに唇を尖《とが》らせる。

その唇から無理やり目線を外して、俺は昴くんの靴を拾い上げてブランコへ向かう。ブランコの周りにある黄色い柵を乗り越え、彼女の前に跪《ひざまず》いた。

「え、わ、カナちゃん！　いいよ履けるから」

慌てた昴くんの声が降ってくる。俺は昴くんの小さな足をそっと支えて、靴を履かせた。嫋《たお》やかな足首。微かに感じる体温。履かせ終わって見上げると、顔を真っ赤に染めた昴くんが俺を見つめている。

背後には真紅の躑躅──俺は身体を起こして昴くんの手ごとブランコの鎖《くさり》を摑《つか》む。密《ひそ》やかな金属音。ブランコが軋《きし》む。俺の手の中にある、昴くんの体温……小さな手。そう、俺の手のなかにすっぽりと覆ってしまえる小さな手。

ぎゅっと握ると、昴くんが息を呑《の》むのが分かった。俺に気がつかれないように、密《ひそ》やかに、深々と。

（ああ）

俺ははっきりと理解する。目の前にいるこの人は「おんな」なのだと。

そうして、思ってしまった。欲しいと、そうはっきり気がついてしまった。

じっと彼女の目を見つめる。虹彩が街灯でとろりと滲《にじ》んで光る。そっと近づいて——彼女の名前を呼ぶ。

「昴」

くん、はつけなかった。

昴の唇が動く。「カナちゃん」。俺は知らず、笑った。まだ「おとこ」だと思われていないのだろうか？

鼻と鼻がくっつきそうなほど近づく。昴がきゅっと目を閉じた。

キスしてもいいんだろうか？　昴の薄い瞼《まぶた》が震えた。

でもまだ、俺は男だと思われてない。それはなんだか、ひどく悔しくて。

彼女の額に口付けて、それからそっと離れた。見下ろすと、目を開けて俺を見上げる昴は頬をこれでもかと朱《しゅ》に染めて額を手で覆《おお》っている。

「可愛い」

思わず漏《も》れた本音に、昴が「な、なな」と言いながら立ち上がる。じゃらん！　と大きくブランコの鎖が音を立てた。

「何するの……っ」

「悪い。可愛かったから、つい」

俺は昴の少し長い髪の毛をひと房、指に絡めるように掬《すく》い取る。そこに唇を落とした。

昴が「ひゃあ！」と言いながら一歩下がる。するりと逃げていく艶やかな髪の毛。彼女が瞬くたびに美しい虹彩が見え隠れして、俺は信じられない奇跡を見ているような気分になった。真っ赤になった昴は両手で頬を覆う。

「か、カナちゃん、誰にでもそうなの……っ？」

「誰にでもって？」

「女の人にはみんな！　そうなの？」

「そんなわけあるか」

「じ、じゃあキス魔なの」

昴が顔から手を離し、それでもまだ赤い顔のまま言う。

「お酒入るとキスしちゃうの？」

「しない」

「じゃあなんで」

「なんでだと思う」

俺の問いに、昴が首を傾げ「分かんない」と呟《つぶや》く。俺は笑って答えた。

「昴が可愛いからだ」

昴は「ぼん！」と効果音が出そうなほどさらに顔を赤くして、「そんなことないもん」なんて可愛すぎる返答をしてくれた。


さて――翌日から、俺はとても幸せに過ごした。

朝起きると、昴がやって来る。彼女からするのは焼きたてのパンの香り。

わざと寝たふりをしてみれば、昴は俺の布団をバシバシ叩《たた》いて起こしてくれる。

（……やばい、幸せだ）

遅刻するよ、なんて言いながら俺を覗《のぞ》き込む昴の笑顔を薄目で眺《なが》め、それに朝から最高に癒やされて――俺は自分の感情の変化に驚く。

ほんの少し前までは、恋愛なんか優先順位の下の方、というかそもそも優先順位にすら入っていなくて。俺は自分でもどこか欠《か》けた人間なのではないかとすら思っていたのに。

今は——この声を聞くだけで幸せで。

恋とはすごい。魔法のようだ、なんて使い古された文句すらしっくりきてしまう。

手を伸ばす。さらりと昴の髪に触れて。

「おはよう」

彼女の髪を耳にかけると、昴はあっという間に真っ赤になってばっと俺から離れる。

「っ、お、起きてたでしょう！」

「そんなことない。今起きた」

「嘘《うそ》！」

頬を赤くして俺を可愛らしく睨む昴。愛おしいという言葉の意味を全身で実感しながら、彼女の腕を引いてベッドに引き摺《ず》り込みたくなる欲求を堪える。

まだ、早い。

ちゃんと俺のことを好きになってもらいたい。男として見てもらいたいし、「信頼している」元彼よりよほど信頼されたい。

そんな日々が金曜日まで続いて、土曜日の朝——俺は風呂に入っていた。

と言っても自宅じゃない。署の近くにあるスーパー銭湯だった。

大浴場の高い天井を眺めながら、ほうと息を吐《は》く。湯気で曇る天窓を何気なく眺めていると——人が入ってくる気配。振り向くと、目的の人物だったので声をかける。

「雄大！」

「っ、うわ。びっくりした」

何やってんのカナちゃん、と雄大が驚いた顔で言う。

「雄大に話があって。勤務明けにいつもここに来るのは課長に聞いた」

「……話？」

訝《いぶか》しみながらも、雄大は身体を洗ってから俺の横で湯に浸かってくれる。「あー」と雄大が気持ちよさそうに唸《うな》った。

「おつかれ」

「あざます、署長殿」

そう言って雄大は俺を見て、僅《わず》かに眉を顰《ひそ》めた。

「傷、残ってんだな」

雄大はちらり、と俺の右手の甲から肩までを眺めた。一本線の切り傷の跡は、途切れ途切れに肩のあたりまで続いていた。

「昴が誘拐されかけたときの傷跡だよな？」

ああ、と頷く。

十五年前のあの日、誘拐されかけたのは俺ではなく昴だった。車に連れ込まれそうになっていた昴、必死で犯人に組み付いた俺は犯人にナイフで切りつけられて――

俺を守ろうと暴れた昴の首にも、ナイフが掠《かす》って傷が残った。

「昴の首にも傷、残っているよな。女性なのに申し訳ない」

「え、なんでカナちゃんが申し訳なく……あ、そうか。確かあれ、お前と昴を間違えて誘拐しようとしたんだっけ」

実行犯は「片倉の家の男の子を誘拐しろ」とだけ言われていて――当時女の子のようだった俺ではなく、たまたま一緒に遊んでいた昴を「片倉要」だと誤認して連れ去ろうとしたのだった。

憮然《ぶぜん》とした表情になっていたのだろう、慰《なぐさ》めるように雄大が口を開く。

「まあ昴、気にしてないと思うぜ」

「そういう問題じゃない」

「まあそうかもしんねーけど……つうか」

「なんだ？」

「いや、筋肉。鍛えてんなーと思って」

なんかスポーツしてんの？　という雄大の問いに「今は特に」と答える。

「ただ、警察官として常にある程度は鍛えるようにはしている」

「キャリア様なのに？」

「市民から見れば、キャリアであろうとノンキャリアであろうと警察官には違いないだろう」

俺の返答に、雄大は思い切り笑った。

「クソ真面目」

「よく言われる。それに警察官としては褒《ほ》め言葉だ」

昴にも言われた。あれは——嬉《うれ》しかった。よく揶揄《やゆ》される部分でもあるから。

「あっは、そうかもな……で、ところで話って何」

「単刀直入に聞くけど」

一息ついてから、口を開く。

「雄大、昴のこと好きだよな」

雄大は無言で固まった。その雄大に向けて、俺はさらに言葉を続けた。

「俺は、昴に時機を見て告白するつもりだ」

「……なん、でオレに？」

「好きなのだろうなと。知っていて出し抜くのはフェアじゃない」

「あー。クソ真面目なのな、お前……」

掠れた声で雄大は呟いて、そのまま顔を湯につけた。

「雄大？」

ぷは、と湯から顔を上げた雄大は下を向いたまま小さく言う。

「なんで？　再会してまだ一週間とかそこらだろ？　急すぎじゃねえの」

「そうだな。けれど、俺は昴の人となりを知っている。小さい頃からまっすぐで、他人想《ひと》いで——それに、可愛い。顔貌《かおだち》だけではなくて」

昴の、くるくるとよく変わる表情。俺を見上げ細められる目。揶揄うと尖る唇。すぐに赤くなる頬。全てが愛おしい。

「再会してすぐに惹かれた。あんなに魅力的な人はいないと思う」

俺の言葉に、雄大は「知ってる」と絞り出すような声で言う。

「よく、知ってる——好きだから。小さい頃から、ずっと好きだったから……あのさカナちゃん。……オレ、高校のとき。昴と付き合ってたんだ」

その言葉に、一瞬思考がついていかない。

けれど、分かった。分かってしまった。雄大の苦々しい表情、きゅっと引き結んだ口。

(昴の、元彼。昴を傷つけて、けれど今もなお、昴が信頼している人物)

雄大と目が合う。

「カナちゃんの、その顔。知ってそうだよな」

「……浮気したのか」

「最低だろ」

雄大がまた目を逸《そ》らす。

「甘えてたんだ、オレ。昴なら笑って許してくれるだろって」

教会の懺《ざん》悔《げ》室にでもいるかのように、雄大はぽつぽつと言葉を紡《つむ》ぐ。

「昴とはキスもしてなかったのに、オレ、浮気相手とは泊まりがけで遊園地行ったんだ。相手、バイト先の大学生で……そいつが彼氏と遊園地行くってホテルの予約までしてたのに、彼氏に予定ができたからって、でもキャンセルしたくないって、そう……せがまれて……」

「最低だな」

俺の言葉に、雄大が肩を落とす。

「昴にカッコ悪いところ、見せたくなかったんだ。練習、じゃないけど……」

「昴にも相手の女性にも失礼だとは思わなかったのか？　その考え方」

「……」

雄大は一瞬黙り込み、しかしその後すぐに顔を上げた。

「分かってるよ。痛いほど──それでも友達としてはそばにいていいと許してくれた昴が、オレはやっぱり好きだ」

「──だから？」

「オレももう一度、頑張ってみようと思う。信頼してもらえるように」

苦しみに耐える声で雄大は言う。けれど、苦しんだのも耐えたのも雄大じゃない。昴だ。そしていまだに、昴は雄大を信頼している。

苦くて硬いものを飲み込んだ気分で口を開く。

「正直、二度と彼女に近づくなと言いたい……でも、好きにしたらいい。止める権利は俺にはないから。けれど」

半眼で雄大を睨みつけ、告げた。

「次に彼女を傷つけてみろ、絶対に許さない」

雄大は何も言わず、ただ湯面に視線を落とした。

無言の空間。

白い湯気だけがあたりを漂う。

俺はどうしようもなく、昴に会いたくてたまらない。

3

カナちゃんの「お世話係」は週に五回と決まった。お休みは固定であるわけじゃなくて、私とカナちゃんの予定を擦《す》り合わせて適当に決める感じ。

仕事（おじいちゃん的には「ご奉公」かな？）の内容としては、朝イチでカナちゃんちに行って朝ごはんとお弁当作って、カナちゃんをお見送りしたあと夕食を作って冷蔵庫に入れて、おしまい。

最初は大変かなと思っていたけれど、パン屋での朝の仕事が一部免除になって体力的にはむしろ余裕がある。

午前十時には作業が終わって、帰宅する。そのあとはパン作りを手伝ったり、店番をしたり、カフェの開店準備をしたりで、まあまあ忙しい。

だから、カナちゃんに会えるのは朝だけ。

それをなんだか寂しく思ってしまうのは、なんでなんだろう……

ところで私がお世話係お休みな二日間、カナちゃんがごはんをどうするかというと――少なくとも朝ごはんは、ウチのお店のイートインスペースでパンを食べるのが習慣となりつつあった。

「朝からよく食べるよねえ」

私はパンを四つ、蓋《ふた》つきの缶コーヒーをひとつ載せたカナちゃんのトレイのお会計をしながら言った。

「そうか？」

「そうだよー。昔は小鳥の餌《えさ》くらいの食事量だったのに、カナちゃん」

「小鳥？」

苦笑しながらカナちゃんはお金を払って、イートインスペースに座った。何やら今日はスーパー銭湯帰りらしい。まだ少し髪が濡《ぬ》れていた。

「朝風呂って気持ちいいよねえ〜」

「……そうだな」

なぜだかカナちゃんは複雑そうな顔をする。「きちん」としているタイプだから、お風呂は夜！　みたいなのがあるのかな？　あれでも、それならなんでわざわざ朝イチでスーパー銭湯に……？

「お風呂壊れた？」

「いや」

不思議そうに返された。

「ふうん？」

ガラス壁の向こうでは、六月の朝陽が植え込みの紫陽花《あじさい》を照らしている。もう少ししたら咲くだろうな——と思っていると、ぽんと肩を叩《たた》かれる。厨房から出てきたお母さんだった。

「ん、なあに？」

「あなたも朝ごはん食べたら」

レジ変わるから、とお母さんが言ってカナちゃんを見て頭を下げる。カナちゃんはわざわざ立ち上がって「おはようございます」とお母さんに微笑《ほほえ》んだ。

「きゃあ！」

お母さんがなぜか赤面している。

「お母さん？」

「ご、ごめん。だってあんなイケメンさんになってるなんて思わないじゃない。あの要《かなめ》ちゃんが」

私は軽く肩をすくめた。確かにまあ、それには同意しちゃうかも。

「でも、今日初めて会ったわけじゃないのに」

カナちゃんがここにパンを食べにくるのはもう何回目かだし、そもそも最初に「お世話になるから」とわざわざウチまで菓子折りを持ってきてくれていたのだ。その後もことあるごとにお酒だのいいお肉だのを差し入れてくれていて……

（あれ、もしかしておじいちゃん、お肉やお酒目当てで私をお世話係に……？）

芽生えた疑念に眉を顰《ひそ》めた。あり得なさそうだけれど、あのおじいちゃんならあり得ちゃうところが怖い。

「それにしても、ほっそりした子だったのにねえ。昴《すばる》、身長抜かされちゃったわね」

カナちゃんに会うたびにされる話に、私も苦笑で返す。

「まあねえ……今もう、二十センチくらい違うのかな。カナちゃん、身長何センチ？」

「百八十一」

カナちゃんが少し困り顔でパンを食べながら言って、お母さんは「やだ、一メートルくらい伸びたんじゃない？」なんてめちゃくちゃなことを言っていた。さすがにそれはないよお母さん！

私はテンションが変な方向に上がってしまったお母さんに苦笑しつつ、サンドイッチと紙パックのカフェオレを冷蔵ショーケースから取り出して、カナちゃんの横に座った。

「朝飯、まだだったのか？」

「うん。寝坊しちゃってー」

「……疲れてるんじゃないのか？　やっぱり、ウチのことまでしてもらって」

「んー？　全然、それはない。むしろ朝の仕事ちょっと免除になってるから楽させてもらってるんだけど……一昨日かな。雄大《ゆうだい》から飲みに誘われてさ、ちょっとだけ飲んでて、それで寝不足が今日来た感じ。アラサーだね、無理しちゃダメだ」

私の言葉にカナちゃんの表情が一瞬だけ固まる。けれどすぐにいつもの顔に変わって
「相変わらず仲いいんだな」と微笑んだ。

「？　ああうん、幼なじみだしねえ」

まあ元カレ、っていうのはわざわざ言わなくてもいいことだろう。これで「浮気されて別れた元カレ」が雄大だって分かったら、雄大の印象、最悪だもんなー……全く、黙っててあげる私の心の広さに感謝してよね、雄大。

なんて思いながらサンドイッチにかぶりついた矢先だった。

カナちゃんが「付き合ってたんだって？」とあまりにも普通のトーンで言うから、つい
「そうなんだよねー」って返してしまって……

え？

「ええ？」

「悪い、本人に聞いた」

「あ、そ、そう……なんかごめんね。気まずくない？」

「……いや？」

そう言ってから、カナちゃんは外の紫陽花に目を向けた。ピンクと紫のグラデーションになっているその葉には、朝露か、夜中にでも少し雨が降ったのか、真珠のような水滴がついた主人のいない蜘蛛《くも》の巣が張っていた。

「昔」

カナちゃんが声のトーンを変えて言った。

「こうやって朝飯食べていたよな」

「ああ、夏休みね！」

私は思い出して「ふふ」と笑う。

「懐かしいね。ラジオ体操行って、ここでパン食べて……カナちゃんほんと子兎《こうさぎ》みたいな量しか食べなかったのに」

私は「ん？」って顔で私を見るカナちゃんを見上げた。すっかり高くなった背、大きくなった手。

「さっきから言っているが、小鳥だの子兎だのは言い過ぎだろう」

そう言って笑うカナちゃんがふと私に向かって手を伸ばす。彼の指先が、私の唇に優しく触れる。私は目を瞬《またた》いて――もしかしたら顔が真っ赤かもしれない。

「な、何……っ？」

「いや、これ」

カナちゃんが親指で拭《ぬぐ》ったのは、サンドイッチのマヨネーズ。ちなみにおじいちゃん特製です。これがまた美味しいんだよなあ……

「あ、ごめ……」

カナちゃんが大人の顔をして笑う。思わずそれに見惚《みと》れてしまう私の眼前で、カナちゃんはそのマヨネーズがついた親指をぺろりと舐《な》めた。

「か、かかかかカナちゃんっ⁉」

「いや、もったいないなあと」

余裕たっぷりな男の人の顔をしているカナちゃんに、私は金魚みたいに口をぱくぱくしたまま何も返せない。

心臓がうるさい。

どきどきする。カナちゃんといると、どきどきする。

これってなんだろう？

雄大と付き合っていた頃に感じていた親しみみたいのとは、ちょっと違う。

（……男の人だって、思っちゃったからなあ……）

事故から助けてくれたときに感じた、力強い身体と優しい体温。

お世話係がある日の朝、私はカナちゃんが出勤したあと、夕食を作りながらつらつらとそんなことを考えた。

と、一瞬鯵《あじ》を捌《さば》く手が止まっていたことに気がつき、慌てて意識をまな板に戻す。これは晩ごはん用の鯵。鯵の南蛮漬けにする予定です。

結局、掃除も洗濯も自分でするからとのことで（実際とても綺麗《きれい》好きのようだ、彼は）私はお世話係というよりは単なるお食事係的な感じになっていた。けれどまあ、部屋の段ボールもちょっとずつ減っているようでなにより。

夕食を完成させて、冷蔵庫にしまう。南蛮漬けは夜には味が染《し》みてちょうど良くなっているはずだ。あとは炊飯器の予約スイッチをいれて――

（これも、私と買いに行ったんだよね）

炊飯器の黄色いスイッチを押しながら、ふたりで電気量販店に行ったときのことを思い出す。他にも食器やなんかを色々買い込んでいたから、せめて炊飯器は持つよって言ったんだけれど――『重くない』って軽々荷物、全部持たれて。

（食材とかも全部持ってくれるもんね……）

まるで重いものを持ったら私が死んじゃうとでも思ってるみたい。昔は私より細くて、野球のバット振るのですら精一杯だったのに。

「男の人に、なったんだなあ……」

私は掃《は》き出し窓から六月初めの、梅雨前とは思えない晴れ渡った空を眺《なが》めながら呟《つぶや》いた。

そうして今朝、カナちゃんが触れた私の髪に触ってみる。

カナちゃんを起こすのがすっかりルーティンになりつつあるけれど……カナちゃんは毎朝、私を見て幸せそうに笑うのだ。

そうして私に触れる。触れると言っても、ほんの少し――髪の毛だったり、指先だったりにそっと触れて、でもそれだけで嬉《うれ》しそうに唇を緩めて。

それが、嫌じゃない。

むしろ嬉しくて、……もっと触ってほしくなっていたり、していて……

思い出すだけで、顔が「ぼん！」と赤くなる。

（だ、誰にでもあんな……、じゃないよね、カナちゃんに限って）

じゃあなんで……って、多分揶揄《からか》ってるんだと思う。幼少期の遊びの延長、みたいな？

だから……

可愛い、なんて言葉を本気にしちゃダメだ。

だって私だよ？　女扱いされているわけじゃないはずだ。私がそういう扱いされるキャラだったら、雄大も……ううん、それはもう終わったことなんだけれど。

そう、落ち着こう。

少なくとも「昴くん」時代を知ってる人から私は女扱いされないだろう。カナちゃんの前で両手に大きな蛙《かえる》持って大爆笑していたことだってあるんだから……

カナちゃん完璧に怯《おび》えていたよなあ……なんであんなガサツなことしちゃったかなあ。

後悔に苛《さいな》まれる心臓を無視して、さっさと台所を片付けた。

さて帰ろうと玄関に向かう途中、ふと洗面所にあるドラム型洗濯機の上に無造作にかけてあったカナちゃんのTシャツが目に入る。

気がついたら私はそのTシャツをそっと持ち上げて、ぎゅっと抱きしめて、いて。

「……っ⁉」

私は慌ててそのTシャツを洗濯機に投げ入れる。ぱこんと蓋を開けてばすん！　って、勢いよく。

「わ、わわわ私、何してたのっ」

頭を抱えつつ、早足で玄関を出る。きっちり鍵をかけてエレベーターのボタンを連打。

「変態だ変態だ変態だ、私は変態かもしれないっ」

友達の！

友達の脱いだTシャツを抱きしめる⁉

「ごめんねカナちゃん……」

もうこんなことしないからね、と頭の中でカナちゃんに謝りつつ、私は家路を急いだのだった。

そう、急いだ。

だって今日は、英里紗《えりさ》ちゃんがやって来る日！

英里紗ちゃん、というのは私の三つ上にあたる母方の従姉だ。小さい頃はほとんど行き来がなかったから、カナちゃんとは多分面識はない、かな？

都内に実家のある英里紗ちゃんは家庭の都合で、高校生のとき半年くらいこの街にいた。そのときに仲良くなって、進学や就職のとき、なんやかんやと相談にも乗ってくれて——

ほとんど実の姉のように慕っている。

今回レストランを辞めてこの街に帰ってくることももちろん相談したし——しかし、なんだかんだ、ほぼ英里紗ちゃんのアドバイス通りの人生になっているところを見ると、英里紗ちゃんは私以上に私のことを分かっているのかもしれない、なんて思ったりもする。

そんな英里紗ちゃんがこのたび、仕事の都合でこの街に住むことになったらしい。

「……って、支店長さん？　支店長さんなの!?」

さっそくウチのパン屋に挨拶《あいさつ》に来てくれた英里紗ちゃんは、相変わらずの美しさ。スラっとした長身によく似合うパンツスーツにハイヒールを履きこなして、艶《つや》めくルージュは大人の女性って感じで……

こんな大人な色の口紅、私には絶対似合わない。本当に私と血の繋《つな》がりがあるんだろうか、なんて思っちゃうくらい。

そんな彼女からパン屋の店先でもらった名刺を母娘ふたりで覗《のぞ》き込んで、すごいすごいの大合唱だった。

「違う違う。支店長代理。天と地ほどの差があるんだから」

「そんなことないわよ、すごいわね！　メガバンクで支店長代理。まだ三十になったばかりでしょう？」

お母さんの褒《ほ》め言葉に、英里紗ちゃんはちょっぴり照れ臭そうに笑う。

「よしてよ叔母さん、昴ちゃんも」

「えーだって、すごいもん。ねえお母さん」

「ほんとほんと」

「ふふふ、ありがとう。……ね、ところで昴ちゃんは、結婚、は？」

私は目を瞬いて英里紗ちゃんを見つめる。

「どうしたの、急に。……え、英里紗ちゃんもしかして結婚？」

「ん？　あはは、あたしはまだまだ。まず彼氏つくらなきゃ……ただなんか昴ちゃんは、そろそろかなって……雄大くん、何してるの？」

「へ？　ああ、えっと、お巡りさん。今日はいるかな、駅前の交番にいたりいなかったり」

ぽかんとしてそう答えた私に、英里紗ちゃんはさらに言う。

「お巡りさんになったのは知ってるよ。昴ちゃん、雄大くんと付き合ってないの？」

「……ないよっ！」

私は思いっきり唇を尖《とが》らせる。

「雄大はと、も、だ、ち！」

ついでに元カレでもあるんだけれど……まあそれは置いておいて。

「そうなの？　お似合いだと思うんだけれど」

「絶対にない」

「ふーん……と、おじいさま。お久しぶりです」

厨房から顔を出したおじいちゃんに、英里紗ちゃんが頭を下げる。

「おう、英里紗さん。大きくなったなあ」

「あら、おじいさま。三十路《みそじ》の女に向かって大きくなったなあ、は変です」

「そうかね、あっはっは！」

……おじいちゃんと英里紗ちゃん、私からするとそれぞれ父方と母方にあたるから、ふたりに血の繋がりはないはずなんだけれど、なんとなく雰囲気《ふんいき》似てるんだよなあ。マイペースというか、思い込みが激しいというか、なんというか……。

「さっきチラッと聞こえたんだが、独身なのか。見合いでもせんか、見合いでも」

「相手によりますかね〜」

おじいちゃんの下手《へた》するとハラスメント一歩手前の質問を飄々《ひょうひょう》と交わして、英里紗ちゃんは軽く手を上げる。

「じゃあ、今日はここで。また土日にお伺いします……って皆さんお仕事か。定休日は水曜？」

なら火曜か水曜の夜にでも、と英里紗ちゃんが手を振ってお店を出て行く——ドアベルがチリンと鳴って――私はハッとして英里紗ちゃんを追いかけた。

「待って英里紗ちゃん、メロンパン持って行って！」

「え、いいの？」

商店街の雑踏の中振り向いた英里紗ちゃんに、行き交う人みんなの視線がなんとなく向いている……気がする。だって美人さんなんだもの。

そんな視線を集めることに慣れている超絶美人、英里紗ちゃんに私はメロンパンが入った袋を渡す。

「良ければどうぞ。焼きたてなの」

「嬉しい、おじいさまのメロンパン、絶品だもんね」

「あとこっちのコッペパンは私の……」

「うそ、昴ちゃんの？　ほんとに？　いいの」

コッペパンなんてあまり味気のないパンなのに、メロンパンより英里紗ちゃんは小躍りせんばかりに喜んでくれる。

「昴ちゃんのパン、嬉しい……。マジで嬉しい……」

「えへへ、昔から英里紗ちゃん、何作っても美味しい美味しいって言ってくれるよね。大好き。喜んでくれて良かった」

というか、昔はよく一緒にパンやお菓子を作っていた。むしろ英里紗ちゃんの方が料理に夢中だったりしたけれど、……また一緒に作ったりできたらいいな。やっぱり忙しいかなあ。

「昴ちゃん、だ、大好きって言ってくれた？」

なぜだか英里紗ちゃんの頬が紅潮している。

「大好きって？　ああもう、食べちゃいたいくらい……」

「？　パンを？　どうぞ」

「オレも食いたい」

唐突に割り込んできた声に、私はぱっと振り向いた。そこにいたのは警察官の制服姿の雄大だった。自転車を押しているところを見ると、パトロールだかなんだか知らないけれど、とにかく公務的なものの最中のようだった。

「何、急に。お腹すいたの？　ダメだよ仕事中なんでしょ……って、ほら、英里紗ちゃん、雄大……英里紗ちゃん？」

なぜか雄大を見上げてぽーっとしていた英里紗ちゃんの肩をぽん、と叩く。英里紗ちゃんはハッとしたように「制服姿は三割増しって本当ね」と雄大に微笑む。

「カッコよくてびっくりしちゃった。久しぶりだね雄大」

「あざっす。お久しぶりです」

頭を下げた雄大だけれど、すぐに視線はコッペパンへ。

「オレも昴の作ったパン食いたい」

「明日お店来たら？」

「……そうするかな。なあ、その後」

じっ、と見つめられてなんだか居心地が悪い……と思った矢先、またもや背後から声がした。

「市民からパンをカツアゲか？　いただけないな、高島《たかしま》巡査部長」

その声に、勝手に心臓が高鳴って頬が熱くなる。誤魔化すためにすうっと息を吸ってから、振り向いた。

「カナちゃん」

わざわざ深呼吸したのに、無駄《むだ》だった。だってカナちゃん、制服姿だったんだもん。

（に、似合うようっ）

うまく息ができないくらい——カナちゃんにその制服はよく似合っていた。

思わず口をぱくぱくしてしまう。言葉が出てこない。そんな私を見下ろしてカナちゃんは言う。

「昴、苦情の電話は署の代表番号まで頼む。巡回中の警察官にパンを執拗に要求されたと」

「してねぇ……っ、してないです、署長。というか、なぜここに」

「この先の老人ホームに表敬訪問の予定があってな。オレオレ詐欺の検挙に以前ご協力いただいたらしい。その縁で。そのおかげで、こうして不良警官を発見することができたんだが」

憮然《ぶぜん》とした雄大がさらに何か言おうとして、でもその言葉は遮《さえぎ》られた。英里紗ちゃんの「え、片倉《かたくら》くん？」という驚いた声によって。

「……中田《なかた》先輩？」

カナちゃんからもびっくりしたような声が漏《も》れる。私はキョロキョロと首を上げてふたりを見た。

「え、えっと。ふたりとも知り合い？」

「大学のゼミの先輩だ。お久しぶりです」

「久しぶりね片倉くん！」

薔薇《ばら》が咲いたかのように英里紗ちゃんが笑う。それに対してカナちゃんが唇を緩めて、私はなぜだか胸が痛い。

「なんでこちらに？　警察庁に入ったところまでは聞いてるわ」

「署長として赴任してきました」

「あらずいぶん偉くなったわね」

それからそれぞれに私たちの関係を説明すると、英里紗ちゃんは「ご縁もあったものねえ」と面白げに言った。

それからふたりは名刺交換をして――なぜか雄大まで名刺を要求されてて。

私はなんだかぽつんと三人を見上げていた。全員でかい。英里紗ちゃんも女性としてはかなり背が高い方なので、ヒールを履くと一八〇センチはあるカナちゃんや雄大とあまり変わらなくて……

なんだか疎外感。

昔は一番背が高かったのになあ！

「昴」

ぷに、とカナちゃんに頬を突かれた。

「……なあに」

「拗《す》ねてるのか」

「拗ねてないよ」

憮然として言う私を見て、カナちゃんが低く喉で笑う。こんな笑い方をしたあとは、大抵カナちゃんは私のこと「可愛い」って揶揄うんだけれど、でもまあ、今はみんないるからそんな揶揄い方は……

「可愛い」

するんかい！　って突っ込みそうになった。

顔は多分、真っ赤……！

雄大がなぜか舌打ち。

「ちょ、か、カナちゃん、揶揄うのやめ……」

「揶揄ってなんかいない。可愛いと思ったから可愛いと言ったんだ、俺は」

やや不満そうな固い声で英里紗ちゃんが言うので慌てて全力で否定する。

「……え、付き合ってる？」

「ない！　付き合ってないよ！」

「……ああそう、そうなの？」

ふうん、って感じで英里紗ちゃんは目を細めるけれど……どう見ても付き合ってないでしょう！

かたやイケメンエリート警察官僚、かたや片田舎の家族経営パン屋の職人兼店番。どう考えても釣《つ》り合ってない。

じっ、と視線を感じて顔を上げる。その視線の主はひとつは雄大で、もうひとつは……カナちゃんだった。視線が絡む。瞳が焼きついてしまいそうで、私はさっと視線を外したのだった。

それと同時に気がつく。

気がついてしまった。

私、多分、カナちゃんのこと好きだ。

(あれ？　あれ？　あれれ？)

私はお店で「焼きたてベーコンエピ」を陳列棚に並べながら、数日前に自覚した恋心について考える。

季節は六月の二週目に入って、ちょうど平年並みの梅雨入りを果たしたところだ。

(好きって、恋するって、こんな感じだったんだ……)

曲がりにも何も、私はかつて雄大と付き合っていたにもかかわらず、こんな感情は初めてで……

雄大とは向こうから「付き合うか、そろそろ」って言われて「そろそろってなんだろ？」とか思いながらもまあ雄大にはなんだか特別な親しみとか信頼とかがあって付き合って……まあ半年もせず破局したわけだけれども、その間キスひとつなかったのは結局、雄大が私に抱いていた感情もそんな友情の延長みたいな感じだったからだろう。

でも今、私がカナちゃんに抱いている感情は、全然違う。どきどきしてふわふわしてるくせに激しくて、切なくて幸せで苦しくて。ラブソングの歌詞の意味がようやく分かった。

けれど――カナちゃんは？

カナちゃんは、きっと私を「そう」は見てくれない。だって唯一付き合った雄大《彼氏》にさえ、女として見てもらえなかったのに。

がっくりと肩を落としながらベーコンエピを並べ終える。

（カナちゃんが私に抱いてくれているのは、多分「親しみ」程度のものだし）

そもそもが、この間も思ったけれど釣り合わない。カナちゃんに釣り合うのって、それこそ英里紗ちゃんみたいな……と想像してひとりでへこんだ。

あー、きっつい……と、ドアベルの音に振り向く。ごま塩頭の男性が「よ」と手を上げた。おじいちゃんの友達で、私が小さい頃から可愛がってくれているお客さんだ。

「おう、姫。帰って来たな！　なかなか顔を出せずに済まんかった」

「いらっしゃいませ、大岡《おおおか》のおじいちゃん！　でもその呼び方やめて」

「姫は姫でいいじゃねえか。商店街でもご家老のとこの姫様がご帰還だと噂《うわさ》になっとるぞ」

「姫って柄《がら》じゃないでしょうに」

「ま、確かに小さい頃は姫じゃなくて若殿だったかな。いや将軍か」

「将軍て」

私、どれだけ暴れん坊だと認識されていたの……⁉

「商店街の奴らから聞いたぞ、もうひとりの孫もこの辺で働くことになったんだって？」

「ん？」

私は首を傾《かし》げてから納得する。英里紗ちゃんのことか。正確には英里紗ちゃん、私の従姉ではあるんだけれど、おじいちゃんの孫ではない。けれどもまあ、なんか似てるしなあ。そう思われてても変じゃない。私が返事をする前に、大岡さんは話を続ける。

「そういえば本物の若殿の方」

私はびくっ！　と大岡のおじいちゃんを見る。本物の若殿……って、カナちゃんのことだ。

「あの人はなかなか凄《すご》いらしいな。赴任してからたった二ヶ月で検挙率が上がったとか、なんとか……この辺も治安悪くなってきていたからなあ」

「え、あ、そうなの？」

「昔より観光地化が進んで、よそからも人がよう来とるだろ。そのせいじゃないかって商店街では……ま、若殿に任せておけば安心だろう。かなり厳しくて有名だぞ」

「……厳しい？」

カナちゃんが？

あまりイメージにない言葉に首を傾げた。そういえば、雄大もそんなこと言っていたっけ？

と、厨房の方からおじいちゃんが顔を出す。

「おっ大岡！　いいところに。新作のパン食って帰れ」

「ラッキー」

大岡さんはやけに若い仕草でVサインを私に向けたあと、おじいちゃんとイートインコーナーにふたりして座ってしまう。もう、おじいちゃん仕事中なのに……

私は店番を続けながら、何気なくふたりの会話を聞いていた。商店街の夏祭りの準備のことだとか、病院の先生の評判だとか（お年寄りってなんですぐに病気自慢始めるんだろう）……そのうちに、また若殿なカナちゃんの話題になった。

おじいちゃんが自慢げに口にする。

「殿にはな、予定通り見合いをしていただいているんだな、これが」

「おう。例の話か。どうなったどうなった」

私はレジの中でひとり、凍りつく。

お見合い……？

おじいちゃんたちは、やけにはしゃいで会話を続けている。なんかコソコソしてる雰囲《ふんい》気《き》で、こっちに聞こえてないと思っているのかもしれないけれど、残念ながらおじいちゃんたちは歳のせいとか関係なく声が大きい。

……っていうか、どういうこと、お見合いって⁉

ふたりに話を聞こうと口を開いた瞬間、お客さん……近所の高校生が大挙して入店して来た。

「あ、い、いらっしゃいませ！」

一気にざわつく店内。ウチのお客さんの大半は、こんな感じの学生さん。だから平日の方が土日より売り上げが良くて、まあそれもあって土日の集客を見込めそうなカフェを作るって話になったんだけれど……

結局バタついてしまった私は、カナちゃんの「お見合い」の話を聞けずじまいで……でも。

なんとなく、勘づいてしまった。

（きっと、英里紗ちゃんだ……）

お会計をしながら、手の先が冷たくなって行くのを感じていた。だっておじいちゃん、英里紗ちゃんに言っていたもの。『見合いしないか』って。

（あー……）

暗い気分になりながら、思う。

はっきり聞けばいい。カナちゃんにでも、英里紗ちゃんにでも。ねえふたりはお見合いしてるの？　って。

でも聞けない。答えが返ってくるのが、怖い。だって、ふたり、お似合いだった。美男美女で、ふたりとも頭だっていい。恋愛観も多分、似てる。

素敵《すてき》な夫婦になるだろう。

そんな暗ぁい気分を引きずりながら、翌土曜の朝、私はいつも通りカナちゃんのお家を訪ねた。

「昴？」

私を呼ぶ声に、ハッと顔を上げる。朝食作りの途中で、手を止めてしまっていたらしい。

「あ、ごめん……」

「どうしたんだ」

まな板の前で立ち尽くす私の横に、カナちゃんが並ぶ。

「な、なんでもっ……いたっ」

慌てて包丁を動かしたせいで、軽く左手の指を切ってしまった。

「あー」

やっちゃった。じわじわと湧いてくる赤色に、自分でも情けなくなる。そっとため息をついている私の横で、カナちゃんがめちゃくちゃ慌てた声で言う。

「昴、怪我を」

「え？　ああうん、これくらい大したことな……」

顔を上げて驚いた。まるで自分が大怪我をしたかのような、痛々しい顔をしたカナちゃんがいた。

ぽかんと見つめていると、カナちゃんは私の手を恭《うやうや》しくと言ってもいいくらい丁寧《ていねい》に支え、水道水で傷口を洗い流した。

「染《し》みるか？」

「あ、ううん、えっと、ありがとう……」

気恥ずかしくて目を伏せる。

「ご、ごめんね。集中足りてないね。仕事中なのにね」

私は小さくため息をつく。

仕事中……うん、一応そうだよね？　おじいちゃん的には「奉公じゃ」とかなんかそんなこと言いそうだけれど、まあ一応は仕事中……と、カナちゃんの手に少しだけ力がこもる。彼の顔を見上げると、なんだか複雑そうな、少し強張《こわば》った顔をしていた。

「……カナちゃん？」

「おいで昴、止血しよう」

「止血？　そんな深い傷じゃ」

「いいから」

血がつくのも構わず新しいタオルで拭われて、私はカナちゃんに導かれるがままにソファまで来て……なぜかソファに座るカナちゃんの膝の上に乗せられた。

「か、カナちゃん！　なんでこの姿勢なのか説明を求めます……！」

「止血しやすいからだ」

「そ、そうなの？」

まるで後ろから抱きしめられているみたい――と、カナちゃんにそんなつもりはないんだけれどね！　あくまで止血のためであって……そこまでする怪我でもないと思うんだけれど。

とにかくそんな姿勢で、カナちゃんは私の指に軽く力を込める。本当に優しく。

どっどっどっどっ、って心臓が全速力で駆け抜けた直後みたいに動いている。鼓膜のそばで脈がうるさく拍動して、変な汗が出ちゃいそう。耳が熱い……あー、これ多分真っ赤だ。

後ろからでよかった。

こんなの、顔見たら一発で好きだってバレる。告白しているようなものだよ、もう……！

「あ、あの」

私は赤面を誤魔化すために口を開く。

「今日、どこに買い物行こうか。食材……」

カナちゃんがお休みの土日、どちらかにいつも食料調達に出かけることにしていて、今回は今日行こうって話になっていて……

「そうだな」

それだけ答えて、カナちゃんが私の首筋――傷跡に唇を寄せたのが分かった。

「ひゃっ！」

「嫌か？」

「っ、いやじゃないけど……」

嫌じゃない。もちろん嫌じゃないです。好きな人にこんなふうに触れてもらえて、嬉しくないわけがない。でも。

「きゅ、急にどうしたの」

うん、とカナちゃんが嘆息するように言う。

「俺はどうもしてない。昴が」

そうして首筋にちゅ、と吸い付く。

「——っ⁉」

「昴が変だから」

カナちゃんの触れるだけのキスが、首に数度落とされたあと、頬、耳、と上がって行く。

こめかみにもキスをされて、私は半分意識を吹き飛ばしかけていた。

えっと、私、何をされて……⁉

「昴」

低い声で、名前を呼ばれる。

腕の中にぎゅっと閉じ込められて、カナちゃんが男の人だって無理やりに意識させられた状態で……

「何があった？　誰かに……何か言われたりしたのか？」

その言葉に、ばっと顔を上げ半身を捩《よじ》った。カナちゃんのまっすぐな表情を見つめる。

（それ、は……）

私は唇が震えるのを知覚した。ねえ、それって「お見合いの話を誰かから聞いたか？」ってこと……？

心臓がずくんずくんと嫌な鼓動で動いて、傷口の痛みが急に増したような気がした。

私はさっきまで熱かった頬から、一気に血の気が引いて行くのを感じながら……「英里紗ちゃんと結婚するの？」と疑念を口にしてしまっていた。

口にする、というか勝手に口から出たというか……

私は身体を前に向けて、俯《うつむ》いた。答えを聞きたくない。やっと自覚した恋心がぎしぎしと痛む。

「……しないぞ？」

カナちゃんの、なんだか気の抜けた返答が頭の上から降ってくる。

「昴。なんでそんな話になったんだ？」

「へ？　え？　だ、だって」

私は勢いよく振り向いて、カナちゃんの整った眉目を見上げる。

「うちのおじいちゃんが、カナちゃんお見合いさせてるって言ってたの」

「……？」

カナちゃんは思い切り首を傾げた。

「見合いの話は今のところ来ていないぞ。来たとしても断る」

私はカナちゃんのその返答にほっと安心して、肩から一気に力が抜けた。

（なあんだ、勘違い……）

でも同時に、カナちゃんにとって恋愛の優先順位の低さに切なさを覚える。前も言っていたけれど、そもそもカナちゃん、恋愛する気がないんだろう。釣り合う釣り合わない以前に、そもそもチャンスがない……

力が抜けて、カナちゃんの身体に体重を思い切りかけてしまう。カナちゃんは何も答えず、ただ私の指から手を離して、それから私を強く抱きしめた。

「か、カナちゃん？」

「止まったみたいだ」

「血？　う、うん」

そもそも本当に大した怪我じゃなかったのに……また頰が熱くなる。

「昴」

また名前を呼ばれて、顔を上げる。両頬を手で包まれて、額にキスが落ちてきた。

「嫌なら抵抗してくれ、昴」

ちゅ、と眉間にもキス。

私はぎゅっと膝の上で手を握りしめて、唇を薄く開いた。ほんの少し口がわななく。

「嫌、じゃない……」

そう答えた瞬間、唇が重なった。

あったかくて、やわらかな、カナちゃんの唇。

その唇は触れるだけのキスを何度も繰り返しながら、幾度か角度を変えてキスを繰り返す。

カナちゃんが私にキスをする理由について、私は一生懸命に考える。考えるけれど、結局のところ――そこに恋愛感情はないのだろうと思う。あるのは幼なじみとしての親しみと、……性欲。

カナちゃんだって男の人だ。

そういうことしたい、ってときもあるだろう。そう、今みたいに――私の腰にばっちり当たってる、カナちゃんの、その……うん、さっきまでこんな硬くなかったもん……

（慣れてるのかな）

カナちゃんに頬を撫《な》でられながら思う。少しだけかさついた、筋張った指先が、あまりにも優しくて。カナちゃん、こういうの、よくあるのかな……

カナちゃんと目が合う。僅《わず》かに寄せられた眉、射抜かれてしまいそうなまっすぐな視線。それに瞳が灼《や》きついてしまいそう。

こんな目で見つめられて――身体を預けてしまわない人間がこの世に存在するのだろうか？

ちりちりと胸が焦《こ》げた。

嫌《いや》だ、ってはっきり思う。

彼にとっては、もしかしたらよくあることなのかもしれない。でも私は、カナちゃんに、他の人に触れてほしくない。

（なら、どうしたらいい？）

乏《とぼ》しい恋愛経験のなか、考える。

どうしたら、カナちゃんに他の人に触れないでもらえる？　せめて、彼がこの街にいる間だけでも――

「カナ、ちゃん」

大丈夫だろうか。声、震えていないだろうか？

私は爆発しそうな心臓を押し隠しながら、言葉を続ける。

「こういうの、も。お世話に入ると思う?」

「昴?」

少し驚いたカナちゃんの声。私は思い切って身体ごとカナちゃんの方に向け、彼の後ろ首に手を回した。そうして私からキスをする。触れるだけの、子供みたいなキス。

ぱっ、と離れると至近距離に整ったカナちゃんの眉目があった。一気に気恥ずかしくなって目を伏せる——と、強く抱き寄せられた。そうしてまた重なる唇、今度は唇を割って入ってくるカナちゃんの舌先。

「——!」

びっくりして開いてしまった口内を、彼の少し分厚い舌が舐め上げて行く。絡め取られた私の舌、それをカナちゃんがちゅっと吸って彼の口内に誘い出されて。

「んっ、ふ、ぁ」

自分のものとは思えない、高く、甘えた声が漏《も》れる。誰かの口の中に、自分の舌先がある。とんでもなく淫《みだ》らなことをしているような気分になって、なんとか舌を抜こうとしたけれど何度も甘噛《が》みされて抜くことができなかった。

私の舌を噛みながら、カナちゃんが腰のあたりを何度も優しく撫でる。さっとトップスの隙間に彼の手が入り込み、背骨に沿って指先が這う。

「昴」

カナちゃんが私の舌を離して、それから私の名前を呼ぶ。

私ははあはあと肩で息をしながら、鼻と鼻がくっつきそうなほど近いところにある、彼の瞳を見つめる。ぎらぎらと欲情しているのが、処女《はじめて》の私にだって分かる、男の人の瞳を見つめる。

「カナ、ちゃん……」

「……まだそう呼ぶんだな」

「え？」

掠《かす》れた声に首を傾げた瞬間、カナちゃんの指先が私のブラのホックを外す。

「や、……っ」

「なあ昴。俺だって男なんだ」

ぐ、と腰を私に押し付けて——私は頬に熱が上がるのを感じる。さっきより硬く、大きくなっているのが分かった。

「我慢できない」

カナちゃんがそう言って、私の耳を噛む。そのまま舌を這わせ、耳殻を形どるように舐めて行く。その柔らかで生温い感覚に、ぞくぞくと背中が粟《あわ》だった――快楽で、だ。

私はカナちゃんに触れられるのが、気持ちよくて仕方ないんだ……

もっと触ってほしい。

もっと、もっと、もっと……カナちゃんが欲しい。

「我慢しないで」

私はきゅ、とカナちゃんにしがみつく。

「カナちゃんに触ってもらうの、気持ちいい……」

そう言った瞬間、天地が逆転した――カナちゃんにソファに組み敷かれて、食べられちゃいそうなほどに口の中を舌で、歯で、蹂躙《じゅうりん》されて。

ぐちゅぐちゅと、お互いの唾液が混じる。思わずそれを飲み込むと、カナちゃんが何かに耐えるように息を呑《の》んだ。そうしてその喉を、カナちゃんは甘く噛む。悲鳴のように喘《あえ》ぐ私の首を、カナちゃんは執拗と言ってもいいほどに舐めて、首筋に沿うように鎖骨までも舐め上げた。

「んっ、カナちゃ……」

かりっと鎖骨を噛まれてカナちゃんを呼ぶ。カナちゃんは眉を思い切り顰めて、ぎらぎらした瞳のまま舌打ちをする。

「か、カナちゃん……？」

「っ、ああ、悪い。昴に舌打ちしたんじゃない。自分に」

カナちゃんがやや眉を緩め、そっと私の頭を撫でる。

「自分？」

「盛りのついた動物みたいだな、と」

カナちゃんは苦笑して私の眉間にキスを落とす。そのまま私のシャツをブラごと思い切り捲《めく》り上げ、そうしてじっと私を見下ろした。

「あ、あんまり見ないで」

私は顔を背けて両手で胸を隠す。大きな掃き出し窓からは梅雨の晴れ間、午前中の白い陽光。

「綺麗だ」

カナちゃんはひとりごとのように言う。

「本当に綺麗」

「……っ！」

私の頬はまたもや真っ赤だと思う。そんな真っ赤な私の服を、カナちゃんがスルスルと脱がせて行く。緊張で呼吸が変になりそう……！

カナちゃんがTシャツを脱ぎ捨てる。床に投げ落とされたそれは、私が――このあいだ抱きしめてしまっていたTシャツだった。

「……」

なんとなく気恥ずかしくて無口になると、カナちゃんが不思議そうに私の名前を呼ぶ。

「昴？」

「あ、あっと、なんでも」

名前を呼ばれて彼を見て――ちょっとびっくりしてしまう。抱きとめられた感覚から分かってはいたけれど、きっちりと鍛えられた肉体に知らず目を奪われて。

そしてそれと同時に、彼の手の甲から途切れ途切れに肩まで続く傷跡に目を瞠《みは》った。半袖で、肘あたりまであるのは知っていたけれど、肩まで……？

「……？」

頭の中で、チカっと何か閃《ひらめ》きかけた。

指先でそれに触れる。陽射しが陰影を作る傷跡――カナちゃんが微かに荒く、息を吐《は》く。

「……嫌になったら、言ってくれ。きちんとやめるから」

カナちゃんがまるで自分に言い聞かせるかのようにそう言って、私の頰にキスをする。

――同時に乳房に触れる彼の大きな手。びくっと肩を揺らすと、カナちゃんが低く喉で笑う。

「可愛い」

そう言って手に力を込めた。最初は軽く、じきに手荒と言ってもいいほどに、強く。そうして先端を弾《はじ》き、摘《つ》まみ、……彼は乳房ごと頬張った。人間の口の中だと分かるぬるぬるした温かさに包まれて、さらに先端をねぶられて甘嚙みされて、ちゅっと吸われて。

頭がくらくらする。

「っ、……んっ、あっ」

それは思っていた以上に、淫らで、気持ちがいい感覚だった。気持ち良すぎて「嫌」と口にしそうになる。

（……っ、でも、嫌って言ったら、やめられちゃうかも）

クソ真面目、なカナちゃんのことだから……

だから私は代わりに素直に口にする。「気持ちいい」って。

「っ、んぁっ、気持ちぃ、ようっ、カナちゃんっ、カナちゃん……っ」

私は自分の胸元に赤ちゃんみたいに顔を埋めるカナちゃんの髪を、快楽のあまりにぐちゃぐちゃにしてしまいながら言う。

「気持ちいい、気持ち、ぃ……っ」

「くそ」

カナちゃんが口を離して荒く言う。

「殺す気か?」

「は、ぁっ、何、を……?」

でもカナちゃんはそれに対しては答えはくれなくて、ただ「昴」と私の名前を呼んだだけだった。

「昴、昴、昴」

私の名前を呼んで、カナちゃんは私の乳房に甘く嚙みつき、先端を吸い、荒々しく揉みしだく。

私はそのたびに悲鳴のように喘ぎ、カナちゃんの短い髪を乱す。

やがてカナちゃんの右手が、胸から身体の横のラインを辿りながら、ゆっくりと下に下がって行く。肋骨、脇腹――そうして腰骨。その腰骨から下腹部に、恥骨に手が這っていく。

「ん……っ」

恥ずかしすぎて泣いてしまいそう。

カナちゃんは顔を上げて、私の顔を眺め――それから左手で片足の膝裏をぐっと上げる。

そうして足の付け根――自分でも、潤《うる》んでいるのが分かる――に、下腹部に置いていた右手指で触れた。

くちゅっ、と明らかな水音が零れる。

「ふ、あ……、っ」

思わず言葉が零れる。気持ちいいのと、怖いのとが半分半分。

その私ので濡れた指先で、カナちゃんは私の肉芽をくっと押した。

「ぁ、あ……っ⁉」

ぴりぴりと電気のような快楽が走って、私は目を見開いた。

何これ、何これ……っ。

「昴、クソエロい」

カナちゃんの口から、彼の言葉だとは思えないような言葉が零れる。少し苦しそうな顔は、何か我慢しているような……

「ここ可愛いな。触ってって言ってる」

「え、えっ、何、何が……っ、ゃあんっ！」

カナちゃんの言う「ここ」が肉芽だと理解したときには、そこは彼の指――私の粘膜から溢れた温い体液でぐちょぐちょの指――で、ぐりぐりと潰されていた。

「あ」

思わず足が跳ねる。カナちゃんはそんな私を見て微《かす》かに笑い太ももをぐっと手で固定すると、寸分の逡巡もなくそこに顔を埋める。

「ま、待っ……カナちゃんっ」

叫《さけ》びも虚《むな》しく、カナちゃんの唇が肉芽に触れる。「んんっ」とくぐもった悲鳴を上げた私のそこを、カナちゃんは柔らかな何か——おそらく舌先——でツンツンと突く。

「カナちゃ、だめ、汚いよぅっ」

「汚くない」

そう言ってカナちゃんはあろうことか、そこに吸い付いて。

「————ッ」

顎《おとがい》が上がる。目を見開いたまま、私はわななく。

だって、そんな、そんなこと——！

「あっ、ぁあっ、んっ、ふぁ、……っ」

快楽から逃れようと暴れる身体を押さえつけられて、無理やりに与えられる悦《よろこ》び。

ちゅ、ちゅう、と強弱をつけて肉芽を吸われるほどに、どんどんうまく舌が回らなくなり、カナちゃんのことを「ひゃな、しゃ、」と呼びながら私は——弾けるような快楽に襲われた。

「あ、あ――……っ」

ほとんど絶叫に近かったと思う。ぽろぽろと零れ続ける涙。震える太ももからカナちゃんが手を離すと、重力に引かれて足がソファに落ちる。

イったのだ、と分かった。脳が痺《しび》れて、じんじんした。カナちゃんが太ももに、膝頭に、キスをしながら口を開く。やけに重々しく。

「……ベッドに行こうか」

その言葉にこくりと頷《うなず》いた瞬間に、私は軽々と抱き上げられる。力が抜けたまま、私はカナちゃんの胸板に擦《す》り寄った。どくどくどくどく、と速い心音が聞こえた。カナちゃんも興奮してくれてるのかな？　だとしたら、すごく嬉しい……

寝室で、ぎしりとベッドに横たえられる。カナちゃんは私の髪を何度も撫でて、それから額にキスをした。

「昴」

優しい声音。きゅんとして彼を見上げる。カナちゃんは目を細めて、ぎゅっと私を抱きしめた。

彼の大きな、筋張った手が、またゆるゆると身体を撫でて行く。指先の熱が、彼の眼差《まなざ》しが、身体の芯まで火照《ほて》らせていく――

そうして太ももを撫でて、付け根まで移動した指先――そのカナちゃんの指が、ちゅくちゅく、と私の入り口の浅いところを解すように動かしたあと、少しずつ奥に向かって進んでくる。思わず息を呑んだ。体内に、何かが入ってくる感覚。ゾクゾクと、電流にも似た何かが腰に広がる。

「昴、ちょっとナカ、解すから――少し我慢してくれ」

カナちゃんがそう言って、私が緊張のあまり噛み締めていた唇にキスを落とす。

「痛いか？」

「っ、ううん……」

そんな会話の間にも、私のナカに入ったカナちゃんの指はぐちゅぐちゅになっているであろう肉襞を擦り、ゆっくりと抜き差しし、時折何かを探すように少しだけ強く肉襞を押し上げる。その、少しだけ強い刺激に、思わず腰が跳ねた。

「っ、ぁんっ！」

勝手に甘えた声が口から転がり出る。自分のナカの粘膜が、自分の意志とは無関係にキユウっと締まり、カナちゃんのを咥《くわ》え込む。ひくひくと痙攣するように蠢《うごめ》く肉襞。

「ぁ、あっ、あっ、あ」

ぬちゃぬちゃと「そこ」目掛けて指を動かされ、あられもない快楽が下腹部を包む。そのたびに、自分でも恥ずかしすぎる高い声が上がる。

「ぁ、やめて、カナちゃん、そこ、だめなの」

やめて、なんて言わないつもりだったのに——あまりにも強く、生々しい快感に恐怖を覚え、つい、そう縋《すが》るように口にした。

けれど。

「本当に？」

ぐちゅ、と淫らな音がする。ナカに、指がもう一本増やされたのが分かった。

「昴が嫌ならやめる」

「——ッ、んっ、んぅ、ふぁっ」

やめる、って言いながらカナちゃんが指をばらばらに「そこ」に向けて動かす。お腹がひくひくと動いた。あまりにも淫靡《いんび》な快楽に抗えず、私は小声で「嘘《うそ》」と呟いた。

「やめないで……っ、きもちぃっ」

「……ん」

カナちゃんが低い声で言う。やがて、ムズムズとした生々しい感覚が強くなり、下腹部を覆《おお》って。

「は、ぁっ、ぅあ、カナちゃんっ、何か来ちゃう」

「そっか」

「やっ、変なの、変っ。ごめんっ、一回、止まって……っ」

「昴。ここでやめたら、却《かえ》ってキツイぞ?」

「そ、ぉ、なの……っ? ん、んぁっ、あっ!」

私はシーツを握りしめる。カナちゃんの指が蠢く。トロトロと粘膜が切なく蕩《とろ》けていく。ナカがわなないているのが、分かる——やがてそれは、水風船が割れるようにばちん、と弾けて。

「ぁ、あぅ、んっ……!」

あまりに鮮烈な快楽に、足の指先が跳ねた。肉襞はぎゅうぎゅうとカナちゃんの指を強く強く締め付ける。ナカの粘膜が蠢いて、奥に、奥に、と誘おうと——淫らな蠕動《ぜんどう》に、お腹が震える。

やがてがくりと力を抜いて、シーツに身体を埋めた。頭がジンジンして、思考がバラバラだ。ただ、そのバラバラの思考でカナちゃんを見つめる。気がついたら大好きになっていた、愛おしい彼を。

「昴」

そのカナちゃんの声に、真剣みが混じる。

「続けていいか？」

「？　う、ん……」

「コレ、挿《い》れるって意味だぞ」

そう言って、カナちゃんが部屋着のスウェットごと下着も脱いでしまう。思わず言葉を失った。ソレは、私が想像していたより、遥《はる》かに大きく、硬そうで。

先端からはとろり、と何か液体が零れている。私はぽうっとした頭のまま、それに向かって手を伸ばす。指先で触れた彼の先端は、思ったより肉って感じだった。ぬるりとした液体を伸ばすように彼のもの全体に指先で触れて行く。

「……硬いんだね」

指先で触れつつ言うと、カナちゃんが「マジか」とやや呆然として言った。

「……？」

「煽《あお》るの上手すぎるだろ……！」

ぐっとカナちゃんが眉を寄せ、私の手を摑《つか》む。

「昴のこと、ぐっちゃぐちゃにしてしまうからやめてくれ」

「していいんだよ」

そのつもりで抱いてほしいって思ったのに。

「ああもう、バカ昴」

カナちゃんは私の手を放すと、ヘッドボードの棚から、何か箱を取り出した。

（……あ、コンドーム）

私は胸がチリッとするのを覚えた。だってここにあるってことは、誰かとこれを使う予定があったっていうことでしょう？

ふと英里紗ちゃんの顔を思い浮かべて、すぐに打ち消した。だって違うって言ったもの、カナちゃん違うって言ったんだもの。

カナちゃんが薄いそれを自分の屹立に着けて、怖い顔をする。

「ね、何か怒ってるの……？」

「違う。我慢してる」

カナちゃんが荒く息を吐《は》く。

「ギリギリなんだよ。ほんとに。昴に嫌われたくないのに、めちゃくちゃにしたくなる」

「していいんだってば」

「……初めて相手に、んなことできるか」

そう言って、カナちゃんは私の太ももをぐっと押して、足を開かせて……

恥ずかしさに頬を熱くしながら、私は目を瞬いた。

なんで「初めて」って知ってるの？

高校のときに彼氏がいた、それ以降恋愛してない――とは話したけれど、その彼、つまり雄大と「どこまで」したかなんて……

でもその疑問を口にする前に、重量を伴《ともな》った痛みに思わず呻《うめ》いた。

「く、ぅ……っ」

「昴、力を抜け」

「む、りぃ……っ」

は、は、と浅く息を繰り返す。カナちゃんが優しく私の身体を撫でた。そうして降ってくる触れるだけのキス。それにゆっくり、ゆっくり、落ち着きを取り戻すと、カナちゃんがまたゆっくりと奥に進む。

何度かそれを繰り返して――カナちゃんが「ふっ」と息を吐いた。みっちりと、身体のナカに彼のが埋まっているのが分かる。

「全部入った……？」

「ああ」

「良かったぁ……カナちゃん、気持ちいい？」

私が微笑むと、カナちゃんが泣きそうな顔をした。

「カナちゃん……？」

「なあ昴、俺、男なんだよ」

「……？」

とっくに分かっている事実に首を傾げると、カナちゃんが軽く腰を動かす。

「っ、あ！」

くちゅ、くちゅ、と接合部から水音がする。入り口の切り傷みたいな痛みと、ナカの重い痛み……ぐっと唇を嚙むと、カナちゃんの親指が唇を割り開く。

「嚙むな」

「っ、でも、っ」

そうでもしないと、痛みが逃がせそうになくて……でも、やめてほしくなくて。

痛みより、カナちゃんが抱いてくれているっていう事実の方が、嬉しくて。

「嚙むなら俺の指、嚙んでくれ」

「っ、ダメだよ……っ」

ぐちゅ、ぐちゅ、と浅く動かされる屹立。

カナちゃんが眉を開く。

「昴の痛み、少しでも――味わいたいから」

そう言って、彼の親指が口の中に入り込んでくる。それと同時に、彼の律動が少しだけ激しくなって。

「ぁ、あっ」

噛んじゃだめだ、と私はカナちゃんの親指に歯の代わりに舌を這わせる。時折ちゅ、と吸い、舌で舐め――カナちゃんはその親指で私の口の中をヨシヨシと撫でてくれる。

私はどこか恍惚《こうこつ》としながらその感覚を貪《むさぼ》って――いるうちに、お腹の痛みに混じって、何か……お腹の奥から、何か湧き出すような快楽が生まれ始めていることに気がついた。

「ん、ぁっ」

「声、可愛い」

カナちゃんが嬉しそうに言う。

「そんな声されると、ほんとヤバイ」

カナちゃんがそう言って――私はナカにある彼のがぐっと重量を増したことに気がつく。

「う、えっ？　カナちゃ、ん」

「ごめん、痛いか？」

「う、うん」

私はゆるゆると首を横に振る。

「あの、ね。気持ちいい……」

「どんなふうに?」

カナちゃんが奥をゆっくりと突きながら言う。奥がそうされるたびに、ぐちゅぐちゅと悦んで震える。

「どんな、ふうに……?」

私は首を傾げて、それから素直に答えた。

「カナ、ちゃんに……あんっ、身体をね、えっちにされてる、感じ……」

カナちゃんが息を呑む。

「昴、昴。ほんと、クソ、殺す気か」

カナちゃんの言葉がちょっと支離滅裂――で、それと同時に彼の動きがさらに激しくなる。親指を口から抜かれて両手で腰を摑まれ、水音はばちゅばちゅと淫猥《いんわい》で、苛烈《かれつ》――なのに、生まれ始めた快楽はその強さを増して。

「ん、ンンッ、カナ、ちゃんっ、気持ちぃ、気持ちいい……っ」

両手で彼の腕を摑む。

「――っ、クソ、昴、分かれよっ」

カナちゃんが私の足を彼の肩に乗せる。ぐっ、ぐっ、ともはや真上から奥に突き下ろしてくる。そのたびに私はあられもない嬌声を上げ、奥から蕩けさせ、生温い体液を溢れさせて啼《な》く。お腹の中も頭の中もぐちゃぐちゃになって、溶けてしまいそう。

「きもちぃ、いっ、カナちゃん、カナちゃん――」

身体中が震えた。言葉にならない喘ぎが透明な悲鳴となって唇から出て行く。子宮がわなないていて、肉襞はカナちゃんのをぎゅううっと締め付けて蕩けて……。

視界がスパークしたかのように、絶頂が身体を貫いた。息を吸っていいのか吐いていいのかすら分からなくなり、私は半泣きで息を止めて――

「あ、ぅ」

なんとか呼吸をして、がくりと力を抜いた私の身体を、カナちゃんが荒くため息をついて撫でる。

「……俺もイくとこだった」

「……ダメなの?」

「まだシたい。足りない、まだ」

そう言って彼は私をくるりとうつ伏せにした。そして、腰だけを持ち上げ、ググッとナカに挿入《はい》ってくる。

「ぁ、あ……っ」

私はぱちぱちと目を瞬く。足を閉じているから、カナちゃんのが、はっきりと分かって……！

「んっ、カナちゃん、だめっ、恥ずかしいっ」

枕に抱きついて、私は言う。

「恥ずかしい？」

ぐちゅぐちゅと私のナカへ抽送し始めながら、カナちゃんが言う。私はこくこくと頷き、枕を握りしめながら言った。

「カナちゃんの、形まで分かっちゃうよぅ……」

ぐっ、とカナちゃんが喉で音を立てる。

そうして強く腰を引いて、奥まで一気に貫いた。

「ぁ、――ッ！」

目がチカチカする。

は、は、と浅く息を繰り返しながら、激しく奥まで貫く彼の屹立から与えられる悦楽にただ悲鳴を上げた。

「あっ、あんっ、カナちゃ、んっ、あんっ、あんっ」

もう何も言葉にならない。がくがくと身体を揺らし何度も絶頂に導かれながら、蕩け落ちた脳みそでカナちゃんの低い声を聞く。

「ナカ、俺の形にして、俺のだけ覚えてろよ、昴」

それは――ふたりで快楽を貪るなかから生まれた、その場限りの言葉だろうと、そう思う。それでも私はそれが嬉しくて、何度も頷いたつもりだったけれど――できていたかどうか。

ぐちゃぐちゃになった私のナカで、彼のがさらに大きさを増す。

「あっ、おっき、ぃっ」

それだけで、私はまたイって――同時に、彼のがナカでどくんと拍動したのが分かった。

「ぁ、あ……っ」

思わず喘ぐ。カナちゃんが深く、荒く、息を吐く――薄い皮膜越しに、彼が吐き出している。それがとても幸せで、私はその幸せに包まれたまま眠りに落ちて行く。

「昴」

最後に、カナちゃんが私を呼ぶ声が聞こえたような――そんな気がした。

4（要視点）

　自分の中で、何かが壊れた。昴《すばる》が俺のそばにいてくれることを「仕事」だと言った時のことだ。朝からぼうっとしている昴に、まさか雄大《ゆうだい》に告白されたのでは、また付き合うのではないかと不安を覚えて——

　その上で「仕事」と言われた瞬間、堤防が決壊するように、心臓から何かが溢れ出した。どろどろとした、得体の知れない何か。

　例えるならば、タールのようなねばねばとした漆黒。執着でもあり、独占欲でもあり、嗜虐《しぎゃく》心でもあり、同時に庇護《ひご》欲ですらあった。

　人はきっと、これを恋と呼ぶのだろう。

　だとすれば、俺は生まれて初めて恋をしたことになる。

だから、知ってもらいたいと思った。

俺が男だということを、いつまでも「女の子」だと思っていたときと同じ呼び方で呼ぶ彼女に——いや、知ってもらいたいなんてものじゃない。

思い知らせてやらなければと、恋心が言う。

教え込んで、覚えさせて、分からせて、俺の腕の中に落とし込んでしまわなければと——

(きっとまだ、彼女の中にあるのは「親しみ」だろうから……)

湿度を増す六月の、入梅《にゅうばい》したというのに爽《さわ》やかな陽射しのなか、すやすやと眠る昴《すばる》の髪を撫《な》でる。昼までにはパン屋《昴の家》に送り届けなければならない——のに、このまま腕の中に閉じ込めておきたい気分になる。

ふと昴が目を覚ます。

ぼうっとした視線。自分がどこにいるのか、まだよく分かっていないような。

やがて俺を見つける。

そうして彼女の瞳が幸せそうに細められて——俺はもう戻れない場所まで来たとはっきり気がつく。

「告白すればいいのでは」

「男だとすら思われていないのにですか」

「思われていないのですか？」

「いないでしょう」

俺はそう答えて、椅子《いす》にもたれかかる――赤い絨毯《じゅうたん》、背後には日本国旗、やたらと重厚なデスクには大量の書類。警察は書類仕事だ。批判する気はない。全て法に則《のっと》って処理していくためには、「証拠品を借りる」だけでも数種類の書類に目を通し判を押すことも致し方ないことだと分かっている。分かってはいるが、時々もう少し簡略化してもよいのではと思うこともある。

特に、こんな日だとか。

俺の座る署長デスクの前、直立不動でまさかの「署長の恋愛相談」に付き合わされた可《か》哀想《わいそう》な副署長、巡査からのノンキャリ叩《たた》き上げ、岸根《きしね》警視が白髪交じりの眉を上げる。

「まあ結論、惚《ほ》れ抜いておられると」

「そうです。彼女に俺が男だとはっきり理解してもらわなければ」

こっちは女性として意識しすぎているくらいだというのに。――そう、いつベッドに引っ張り込んでしまうか分からなくて、早々にコンドームまで用意していたくらいだ。もっとも、さっさと使わないでいい関係になりたい。

……つまり、結婚して昴が俺の子供が産みたいと、そんな考えに至ってくれたのならば……と、考えが飛躍しすぎていたことに気がつき、俺は肩をすくめた。それから「その上で」と口を開く。俺が男だと理解してもらった、その上で。

「しっかりと彼女に惚れてもらわねばなりません。そんなわけで、これで俺は失礼します」

最後の一枚、決裁書類に判を押し、続けた。

「デートなので」

「……ご武運をお祈りしております」

「ありがとう」

答えながら「そういえば」とデスクの前直立不動の岸根警視を見上げる。

「例の白いバンについての報告は上がってきていますか？」

「いえ――前回ご報告したところまでです」

「……分かりました」

昴に再会したあの日、歩道に突っ込んできた白いバン。明らかに不審な動きをしていたこともあり手配をかけたが、分かったことは偽造ナンバーであったこと、あの後、県外……静岡《しずおか》県内の高速道路の料金所のカメラに映ったのを最後に行方が分からなくなっていることだけだった。

「何か分かればすぐに報告をしてください」

「分かりました」

俺は頷《うなず》き、席を立つ。

今日は水曜日。昴の本業《パン屋》が休みの日――俺は彼女をデートに誘った。昴がデートだと思ってくれているとは限らないけれど。

とはいえ、行ける範囲は限られている。俺も昴も……というか、昴に至っては早朝から仕事だということを考えると食事するのが精一杯だ。

それでも「デートっぽい」ことをしたくて柄《がら》にもなく思いついたのが――

「え、これ乗るの？」

「……船は苦手か？」

「全然！　むしろ好き。そっか、ドレス持ってるか聞いてきたの、こういうことかー」

そう言って昴が笑い、紺碧《こんぺき》のドレスの裾を軽く摘《つ》まみ上げた。夕凪《ゆうなぎ》に、彼女の髪が緩くなびく。

昴の背後に見えているのは、海に沈み行く夕陽と、その陽に照らされて橙《だいだい》めいた白いクルーズ船。時刻は十九時に差し掛かろうとしているところで、まだ太陽が見えていた。

昴もまた、橙色の夕陽のなかでいつもより少しばかりテンション高く俺を見上げて微笑《ほほえ》む。

「ねえ、カナちゃん。このドレス、こないだ友達の結婚式に着て行ったやつなんだけど。浮かないかな?」

「――浮くかも」

綺麗《きれい》すぎて、と心の中で言い足した。

「え、なんかもっとドレスコード厳しかった?」

どうしよう、という顔をしている昴の海風で揺れる髪を、そっと耳にかけて俺は言う。

「冗談だ。すごく似合ってる」

「――!」

昴の頬が、血色良く染まる。けれど、すぐにいつもの表情で「馬子《まご》にも衣装、でしょ?」と首を傾《かし》げた。

「そんなんじゃない。本当に似合ってる」

即答するけれど、昴は全く本気にしていないそぶりで笑みを浮かべ「でも、ほんとにいいの?」と無邪気に俺に聞いてくる。

「こんな高そうなところ、奢《おご》ってもらっちゃって」

「日頃の礼だ」

「あはは、いいのに。ほんとこっちが押しかけてるのにさ」

快活に笑う昴は、やはりこれをデートだとは認識していないようだ。

（……先は長いぞ）

内心ため息をつきながら、それでも精一杯の抵抗をしようと心に決める。そっと彼女の手首を取り腰を引き寄せて、シンプルな銀のピアスが光る耳元に囁《ささや》いた。

「俺は世辞は言わん」

言いながら、昴の耳たぶが赤いことに気がつく。支えている彼女の手首の内側で、強く脈打っているのも。

（……いや、案外すぐかも）

そう思うと、知らずにやけ顔になりそうなのを必死で引き締める。

「こ、こんなとこでディナーなんて初めて」

そう言って目元を朱《しゅ》に染める昴を、俺もまた千切れ落ちんばかりに鼓動する心臓をなんとか意識しないように気を配りつつ、エスコートしてタラップへと向かう。

乗船し、上質な真紅の絨毯敷きの船室に入ると、甲板までは漂っていた燃料の香りがふっと消えた。真っ白な船員服を着た係員に案内され、個室に通される。

「個室なの⁉」

「この方がゆっくりできるだろう？」

白いクロスがかかった円形のテーブルの向かいに座る昴は、あたりをきょろきょろと見回し落ち着かない様子だった。そんな彼女に俺は余裕ぶって微笑みを向け、その実自身も落ち着きなく窓の外を見遣《みや》る。夜闇を含みつつある波が夕陽を反射してきらりと光る。

昴の瞬《まばた》きが、平素より多い気がする。ピアスを弄《いじ》る癖《くせ》は初めて見た。

やがて、船が出港して——遠ざかっていく陸地と、濃紺と橙に紫が入り混じったグラデーションの空が窓いっぱいに広がる。

ディナーは本格的なフレンチで、美味しかったと思う。思うのだけれど、あまり味の記憶がない。楽しげにしてくれる昴が、あまりにも可愛すぎて——

甘味《デセール》のあと、昴を誘って甲板に出る。甲板では俺たち以外にも数組のカップルが夜の海風に当たりながら、のんびりとカクテルやコーヒーを味わっていた。

平日の夜ということもあってか、そもそも混み合っていないようだった。空には一面の星空、遥《はる》か遠くに街の灯りが見えた。

「何か飲むか？」

「カクテルいいなあ。飲みたいけど、そろそろアルコールはやめておかないとかな。明日もあるし」

俺たちの会話を聞きつけたのか、ウェイターが銀の盆に載せたドリンクを昴に差し出す。

カクテルグラスに注がれた色とりどりのそれに昴が申し訳なさそうな色を浮かべたけれど、ウェイターはにこりと笑って口を開いた。

「失礼いたします。こちら全てノンアルコールのドリンクとなっておりますが、いかがでしょうか」

「え、そうなんですか？」

昴が嬉《うれ》しそうにドリンクの説明を聞き、グレープフルーツベースのモクテルを選んでいる間に、俺は別のウェイターからビールグラスを受け取った。

手すりまで向かい、夜闇に染まる波を眼下にグラスを軽く合わせる。俺を見上げて微笑む昴は、本当に綺麗で……心臓が痛いほどに脈を刻む。

恋とはこんなに苦しいものなのか。

視界と思考が昴一色になる——夜に溶けてしまいそうな紺色のドレスに包まれた、昴の白い肌。かつては冬でさえも真っ黒に日焼けしていたその肌は、今は磁器のように白い。

だからこそ、数カ所ある手の火傷《やけど》の跡……調理の際についたのだろうか、その努力の跡が際立つ。素直に敬服するし、愛おしさを覚える。

海風で昴の髪がなびいた。そっと手を伸ばし耳にかけてやると、昴はグラスに入ったピンクのドリンクに唇をつけながら、やや上目がちに俺を見つめる。

「……あのねカナちゃん、そういうこと誰にでもしちゃダメだよ？　勘違いしちゃうよ」

「分かってる。昴だけ」

「……ならいいけど」

その言い方がどこか「私なら勘違いしないけどね」みたいな言い方で、俺は残念な気持ちをビールとともに胃の腑《ふ》に流し込んだ。なんて苦いんだ。

……まあいいさ、焦ることはない。眉を寄せてビールの苦さを堪能している俺に、誰かが話しかける。

「お代わりはいかがですか？」

視線を向けると、そこにいたのはコックコート姿の壮年の男性だった。好々爺《こうこうや》然とした佇《たたず》まいに、俺は既視感を覚え――すぐに誰か思い出す。

「日吉《ひよし》さん！　お久しぶりです。お変わりないようで」

俺の言葉に、彼――日吉シェフは嬉しげに頷《うなず》いた。近くにいたウェイターが、すかさず俺に新しいビールグラスを渡す。日吉さんはウェイターに目線で断り、代わりにミネラルウォーターのグラスを受け取った。まだ仕事が残っているのだろう。

「片倉《かたくら》のお坊ちゃんが乗船されていると聞いて、ご挨拶《あいさつ》にと思ったのですが……いやあ、全く分かりませんでした」

最初に案内したスタッフから俺の特徴を聞いて声をかけた、という言葉に思わず苦笑する。

「十五年経ちますから。可愛らしさはカケラもなくなってしまったようです」

そう返事をしながら、昴に「シェフの日吉さんだ」と紹介をする。

「この船の料理長をされていて——小さい頃から世話になっていたんだ」

「この船自体は数年前に新造されて二代目なのですが……いやあ、本当に大人になられましたね。こんな素敵《すてき》な女性をエスコートして乗船していただけるとは」

日吉さんの言葉に、昴が慌てたように手を振る。

「素敵な女性だなんて、とんでもないです！」

「ご謙遜を……っと、そろそろ戻らなくては。もっとゆっくりお話ししたかったのですが」

日吉さんはそう言って、俺たちに目礼をしてから船室に入っていく。

「カナちゃん」

昴がなぜか申し訳なさそうに俺のシャツの裾を引く。——なんでそんな可愛い行動をするんだ？　……は、いいとして。なぜそんなに申し訳なさそうなんだ？

「あの人、古いお知り合いなんだよね？　いいの？　私のこと彼女だとか思われてない？」

「――問題ない」

「ほんと？」

なんかごめんね、と眉を下げる昴に俺は言いたい。むしろ彼女になってくれ。なんなら一足飛びで嫁でもいい。言葉をビールごとごくごくと食道に流し込む。

「あのさあ、こないだから思ってたけど。カナちゃん割とザルだよね？」

昴がほとんど空になった俺のグラスを見て軽く眉を上げる。俺は肩をすくめた。

「そうだな。実はあまり酔ったことがない」

「うっそ。じゃあなんのために飲んでるの？」

「なんのため……」

そう言われると言葉に詰まる。眉を寄せて考え込む俺を見て、昴がけたけたと楽しげに笑う。

「もー、そんな考えなくていいよ。ほんとに真面目だなあ」

「それくらいしか取り柄《え》がない」

「……まぁそれにしては、付き合ってもない私とエッチしたりしてるけど」

ひゅっと変な呼吸をしそうになった。これは、あれか？　付き合ってもいいと、そういう遠回しな言葉だろうか？

希望的観測に過ぎないかもとは思いつつ、ほとんど食い気味に答えた。

「なら付き合う」

「……冗談」

昴がふい、と顔を逸《そ》らし海の方を見遣る。

俺は内心肩をがっくりと落とし、昴と同じ方向を見つめる。夜の黒い細波《さざなみ》の向こうには、市街地の灯りが宝石のように煌《きら》めいていた。

そっと彼女の腰を引き寄せた。昴はなんの抵抗もなく俺に寄り添ってくれて、側《そば》にいるのは許してくれるのだなと安心した。

そのままこめかみに唇を落とす。昴の綺麗な睫毛《まつげ》が、忙《せわ》しなく瞬く。その目元は微《かす》かな朱《しゅ》色で、ようやく俺は昴が俺に触れられて赤くなる理由に気がつく——そもそも昴は、不慣れなのだ。

過去に交際したのはたったひとり、キスさえしなかった雄大《ゆうだい》だけ。だから——だから、昴は俺に、俺にじゃなくても、他の男でも、あるいは女でも——こんなふうに触れられたら、それだけで照れてしまうのだと、そう気がついた。

それがひどく、悔しくて——ほとんど反射的に、俺は昴を抱きしめていた。

「あ、の。カナちゃん？　人に見られ」

「大丈夫だ。俺たちのことなんか、誰も見ていない」

「あのっ、でもっ」

腕の中、真っ赤になって俺を見上げる昴だけれど、俺の言ったことは間違っていない。実際、皆街の明かりや会話に夢中で。

そっと首筋に唇を寄せる。跡が付かない程度に、ちゅっと吸い付く――びくりと揺れる昴の肩に、身体の芯で欲望が熱を持ち出す。

抱き寄せる昴の背中を、腰骨からゆっくりと撫で上げる。昴の口から「ふっ」と甘い息が漏《も》れて。

そのときだった。

「――昴ちゃん？」

ばっ、と昴が俺から距離を取る。船室の明かりを背に、こちらを見て首を傾《かし》げていたのは――昴の従姉で俺の大学の先輩、中田《なかた》先輩だった。

ややレーシーな黒いシャツにチャコールグレーのスリーピースのパンツスーツ。仕事の関係だろう、と俺はあたりをつけた。横では真っ赤になり慌てた様子で口を開く昴。

「え、ええええええ英里紗《えりさ》ちゃんっ⁉」

「こんばんは、昴ちゃん」

　やや英里紗先輩の表情が硬い。意図して俺を見ていないような、そんな雰囲気《ふんいき》さえ感じる。

「――こんばんは中田先輩」

「……こんばんは、片倉くん」

　中田先輩がようやく俺に視線を向けた。俺はその視線を受け流しながら、なぜ彼女からこんなに敵意を向けられるのかについて考える――考えるけれど、いまいち思いつかない。

「ね、もしかして……デート？」

「っ、違う違う！　ねっカナちゃん！」

　眉を下げて同意を求めてくる昴に、俺はわざと「さあ」と眉を上げた。そんなに俺とデートだと思われたくないのか？

　触れてもいいくせに――やはり昴にあるのは「親しみ」だけなのだろうか？　幼なじみとしての？

　そう思うとやはり悔しくて、俺は唇を上げて口を開く。

「どうだろうな」

「っ、カナちゃん！　もう！」

俺のスーツの袖を引く昴を、中田先輩がじっと見つめて——やけに粘着的な視線に違和感を覚えた。

これは、……ただの従妹に向ける視線なのだろうか？

船室から先輩を呼ぶ声が聞こえた。中田先輩は振り向き返事をしながらやや固い声で俺たちに言う。

「……仕事なの。昴ちゃん、また話、聞かせてねー」

視線を残しつつ先輩が船室に消えてから、昴が「カ、カナちゃん」と俺を見上げる。

「なんであんなこと言ったの」

「何が」

「で、デートかもしれないみたいなこと」

「言ってない。どうだろうな、と言ったんだ」

「詭弁《きべん》だよう」

おじいちゃんに報告されたらどうしよう、と昴が隣で顔色を失くす。

（……報告されてしまえばいいのに）

内心、本気でそう思う。あの爺さんなら「責任取って孫を嫁にしろ」くらいは言いそうだし、こちらとしては都合がいい。さっさと昴を嫁にできるんだから……

（けれど、昴はそうは思わないよな……）

思わずため息をつく俺を、昴が「どうしたの」と覗《のぞ》き込んできた。俺は肩をすくめてみせる。

「なんでも。ただ――」

言いさして、俺は昴を見つめる。彼女の瞳には夜景の宝石が散って、吸い込まれそうなほどに美しい。その瞳を見つめながら、言葉を続けた。

「ただ――恋とはままならないものだなと、そう思っただけだ」

5

「恋はままならない」ってどういう意味だろう、とは思うものの、その言葉自体には全力で同意してしまう。

全く恋はままならない。

「はあ……」

お店のガラス窓の外では、しとしとと雨が降り続いている。六月末、梅雨《つゆ》もずいぶん本格的になってきた。

「ため息つくと幸せ逃げるぞ、昴《すばる》ちゃん」

お店のレジでコックコート姿でため息をつく私に、おじいちゃんの友達でお店の常連さんな大岡《おおおか》さんがイートインコーナーから声をかけてくれる。

今日はベーコンエピとアイスコーヒーでランチらしい。そんな大岡さんに私は「大したことじゃないですよ～」と嘘《うそ》をつく。

「新規オープンのカフェ、日替わりメニューがいまいち決まらなくて」

「適当でいいだろ、食えれば」

「食えればって……もう。適当でよくないから悩んでるんですよ」

まあ実際のところ、私の心のほとんどを占めるのはカナちゃんへの拗《こじ》らせた恋心なのだけれど……もちろんカフェの準備も進めている。進めているけれど、気がつけば頭にカナちゃんが浮かんでて。

(満足しなきゃいけないのに……)

カナちゃんが私に優しくしてくれるのは、幼なじみだから、だし……もしかしたら、幼い頃私がカナちゃんを誘拐犯から助け出したのも原因かもしれない。恩を感じているとか？

(クソ真面目だもんね)

私は一週間前のディナークルーズのことを思い出し、くすっと笑ってしまう。「付き合おう」って言ってくれたカナちゃん……ああもう、本当にクソ真面目！

でも本当に楽しかったな。デートみたいで……カナちゃんが久しぶりにあの船に乗りたかっただけなのだろうけれど、美味しかったし勉強にもなった！

(……ていうか、まさか英里紗《えりさ》ちゃんと鉢合わせするとは)

あのときのことを思い出すと、顔に血が上がるような、逆に青くなるような、そんな気がしてくる。まさか首にチューされてるところとか、見られてない……よね？

（暗かったし、大丈夫だったよね……？）

と、そんなことを考えた矢先にカラン、とドアベルの音がやや性急に響く。

「いらっしゃいま……あれ、英里紗ちゃん」

一瞬びくっとしてしまったけれど、すぐに「久しぶり！」と手を上げる。

時間的にお昼ごはん買いに来たのかな――と、瞬時、傘立てに梅雨で濡《ぬ》れた傘を手荒に突っ込んだしかめ面《つら》の英里紗ちゃんが、パンには脇目も振らず私がいるレジカウンターまで大股でやって来た。ヒールの先が床に突き刺さりそうな勢い……

「え、英里紗ちゃん？」

「……ごめんね、ほんとはすぐにでも来たかったんだけどスマホ落としちゃって、色々……ねえ、昴ちゃん。単刀直入に聞くけど、片倉《かたくら》くんとは付き合っているの？」

「ちょ、ま、ままま待って英里紗ちゃん！」

私は慌てて英里紗ちゃんの口を両手で塞《ふさ》ぐ。

「声が大きい！　声が！」

慌ててイートインコーナーに目線をやると、大岡さんとばちりと目が合う。ささっと逸《そ》らされたけど、もう！　確実に聞かれちゃってるじゃん！

「昴ちゃんふざけないで」

「ふざけてないってば！　ていうか付き合ってない！」

カナちゃんに迷惑かかっちゃう！　ただでさえこの商店街、噂《うわさ》が広まるの異様に早いのに……！

必死に食いかかる私に、英里紗ちゃんは思い切り眉を寄せた。

「は？　あんな首とかにチューさせといて？」

「英里紗ちゃーんっ！」

大岡さんが「聞いてませんよ面」してチラチラこっちの様子を窺《うかが》ってる……！

「お、大岡さん。本当ですよ」

「な、なんのことかな？」

「聞いてたでしょ！　でもほんとに何もないの、私とカナちゃんには！」

私は大岡さんにそう叫《さけ》んでから、英里紗ちゃんの手を引いてお店の裏に回る。換気扇からはパンを焼く香ばしいにおいが吹き出していた。英里紗ちゃんのお腹が「きゅる」と鳴って、私はつい笑ってしまう。

超絶美人で頭も良くてパーフェクトな英里紗ちゃんだけれど、こんなふうに人間的なところもあるのだと……余計に可愛く見えてしまうんじゃないかな、なんてちょっと羨《うらや》ましくなる。

「あとでパンあげるね」

「あ、ありがとう……、っ、じゃないの！　付き合ってないって、それはそれで問題じゃないの？」

どうしてあんなことされてるの？　嫌じゃないの？

英里紗ちゃんがそんなふうに聞くから、ああ心配をかけていたのだと気がついた。

「大丈夫。私は好きで受け入れてるから」

「『私は』って、……」

英里紗ちゃんがふと唇を引き結ぶ。それからやや考えるそぶりをして、やがてこくりと頷《うなず》いた。やや目を細め、含みのある表情をして。

「片倉くんはどうなのかしら？」

「カナちゃんは……多分、私が幼なじみだから？」

「幼なじみだとあんなことするの？　あんな、性的な？」

性的、と言われて思わず頬が火照《ほて》る。

「……彼、ずっとこの街にいるわけじゃないでしょう？」

英里紗ちゃんがポツポツと言葉を零す。

「都合いいように扱われているんじゃないの」

英里紗ちゃんの淡々とした表情に向かって、私は口を開く。

「うーん、それでいいと、思っちゃったというか……どの道私はカナちゃんとは釣《つ》り合わないよ。選んでもらえるとも思ってない」

私は粛々《しゅくしゅく》と続けた。そうしないと、激情が溢れてしまいそうだったから。

「彼がこの街にいる間だけでも、彼が他の人と結ばれるのを見たくないから……私から誘ったの」

「――ゆ」

英里紗ちゃんが薄く唇を開いた。

「雄大《ゆうだい》は、知ってるの？」

「なんで雄大？」

「だって、だって。あなたたち……」

英里紗ちゃんが言い淀んだ。それだけで、何が言いたいか分かってしまう。

「知ってたの？　なんで」

「……雄大、SNSをお互いフォローしてて。昴ちゃん繋《つな》がりで。サジェストに出て来てて、懐かしくてDMとか、しちゃって」

「……ああ」

その流れで雄大が話したのだろう。それはやはり、もう雄大にとってもあれは過去で
……ちょっとした昔話感覚で話したのだろうけれど。

(……英里紗ちゃん、難しくとっちゃったかな？)

私はにかっと笑ってみせた。

「気にしないで！　昔の話だし。雄大は今も友達だよ」

「……あの。浮気、って言っても……その、雄大めちゃくちゃ反省してるし」

「うん？」

もう十年近く前のことを、英里紗ちゃんは今起きたことかのように庇《かば》い立てしだす。

「これからのことは、きっと雄大、ちゃんと一生かけて昴ちゃん守り続けていくと思うし」

「えっと、英里紗ちゃん？　私、もう雄大のこと」

「――あたし！」

困惑している私に対し、英里紗ちゃんが声を荒らげた。

「あたし、高校のとき、しばらくこっちに来ていたことあったの覚えてる？　ふたりが中学のとき」

「え？　あ、うん、もちろん。あのときに仲良くなったよね」

唐突に変わった話題に目を白黒させながら頷いた。

「あれね、家庭の都合とか言っていたけれど……本当はね、不登校だったの」

突然の告白に、言葉を失う。

「不登校……？」

こくり、と英里紗ちゃんは頷いた。

「部活のね、いじめで……受験のストレスもあってね、もう精神状態めちゃくちゃで。とにかく環境変えた方がいい、ってことでしばらくこっちに」

「そうだったんだ……」

「そのときにさ、あたし、昴ちゃんと雄大に救われたんだよ。覚えてる？　駅前で高校生にカツアゲされてる中学生くらいの男の子、三人でいるときに見かけたでしょ？」

「——うぅん」

首を傾《かし》げた。カツアゲされている男の子……？

考え込む私を見て、英里紗ちゃんがくすりと笑った。

「ふふ、覚えてないかもね。あのときのふたり、ああいうの見かけたら絶対突っ込んで行ってたもんね」

私は苦笑いして「若かったよね」と頰をかいた。

なんだか最強感が残っていた中学時代、セーラー服を着ているというよりは着られているような感覚だった中学時代。まだまだ髪は短くて、日焼けしてて、男女の区別もよくついてなかった。

「苦笑いしてるけどさ、今も昴ちゃん止めに入るでしょ、きっと――まあそれは置いといて、あのときのふたり、カッコよかったんだよ。素敵《すてき》だった。ちらっとお互い目配せしてね、あれよあれよという間に男の子助け出して」

一気に言い切って、英里紗ちゃんは「はあ」と息を吐《は》いた。

「あのときに――あたし、勇気もらったの。あたしだって強いって思えた。あたしはこんなにかっこいい昴ちゃんの従姉なんだもの、戦えるって」

英里紗ちゃんと目が合う。英里紗ちゃんの目が、うるっと滲《にじ》む。

「それと……あたし、ふたり――昴ちゃんと雄大には、ずっとふたり、一緒にいてほしいって思った」

「英里紗ちゃん……」

「ねえ、もし、もしもだよ？　雄大がまだ昴ちゃんのこと好きなら、許してあげてもらえないかな」

「無理だよ。それに、雄大、もう私のこと」

「そんなことない……っと、思う。まだ雄大、雄大は」

英里紗ちゃんが辛《つら》そうに言う。私はゆるゆると首を横に振った。

「……というか、というか、ね。英里紗ちゃん」

私は小さく深呼吸をして続けた。

「仮に、雄大がまた私のこと好きになったとしても――私はそれに応えられない。だって、だって私」

ぎゅっとコックコートの胸元を握りしめる。

「私、カナちゃんが好きだから」

英里紗ちゃんが整った唇をわななかせた。そうして、彼女のその美しいかんばせに浮かんだのは明らかな「怒り」で――私は目を瞠《みは》る。

「え、英里紗ちゃん？」

狼狽《ろうばい》する私にハッとした英里紗ちゃんは小さく「ごめん」と呟《つぶや》いた。それから英里紗ちゃんはとても悲しそうな顔をして――それからゆっくりと口を開く。

「それは幸せになれる恋なの？」

その問いに、絶句する。幸せになれる恋？

「いつも昴ちゃん、あたしのアドバイスちゃんと聞いてくれるじゃん。ね？　雄大となら、昴ちゃん、絶対幸せになれるよ。自信ある。過去のことなんか思い出さないくらい、絶対幸せにしてくれる」

英里紗ちゃんの勢いに思わず口をつぐみながら、私は「でも」と心の中で繰り返す。

でも、それなら……あのとき、雄大の浮気が発覚したときに死んでしまった感情はどうなるんだろう。

英里紗ちゃんが帰ったあと、私はぼうっと店番をしながら考える。

確かに、私は雄大に盲目的な恋愛感情を抱いていた訳じゃない。今私がカナちゃんに感じてる、激情とも言える恋慕があったわけじゃない。

それでも、親しみにほのかに纏《まと》っていた温かな何かは、きっと恋に近いもので——だから、雄大がバイト先の先輩と泊まりがけで遊びに行ったのを知ったとき、辛かった。苦しかった。

あのとき、確かに私の「何か」は死んだのだ。雄大への感情の一部であったり、私の自尊心であったり、とにかくそういった「何か」は死んで、二度と帰ってこない。

だから、雄大とはもう終わり。とっくの昔に。

そして今――私はカナちゃんが好き。きっと選んでもらえないけれど。

それでも、英里紗ちゃんが言った言葉が頭のなかをくるくるとよぎる。『それって幸せになれる恋なの？』

「そんなの、分かんないよ……」

幸せになれるかなれないかなんて、最初から考えてなかった。ただ、私が、カナちゃんが他の人といるところを見たくなかった。ただそれだけ。

でも、一緒に日々を過ごしていく中で、私はどんどん欲張りになっている。カナちゃんは仕事の都合もあって、ずっとこの街にいるわけじゃない。もしかしたら一年もせずにどこかへ行ってしまうかも。彼がこの街を離れるときに、一緒に付いて行きたい。死ぬまで側《そば》にいたい。そんなふうに――

感情はぐちゃぐちゃで、ただカナちゃんに会いたくて。

だから、だろうか。

一晩待てば会えるのに、私はお店を閉めたあと、カナちゃんのマンションに足を運んでいた。家族には「友達に会いに行く」って言って――うん、嘘《うそ》はついてない。

カナちゃんは友達だもの。

暗い部屋でただ、カナちゃんが帰ってくるのを待つ。ソファで体操座りをして、スマホアプリで単純なパズルゲームをして過ごす。ややあって眠気が襲ってきて、私はソファに横になった。

　夢を見た。

　小さい頃の夢だ。

　まだ可愛くて女の子みたいだったカナちゃんが、紅い振り袖を着て楽しげにくるくると回っている。縫い付けられた金糸と銀糸がキラキラと眩《まばゆ》い。さらさらのショートボブの髪の毛には、鮮《あざ》やかな赤い牡丹《ぼたん》の髪飾り。しゃらしゃらと鈴が鳴り、やがて目線が絡む。カナちゃんの整った双眸《そうぼう》が細められた。血色のいい唇が開き、変声前の優しく高い声がそこから零れる。

『昴くん』

　なあに、と——私は返事がしたいのに、声が出ない。

『昴くん』

　ねえ、何してるの昴くん、無視しないで昴くん。そう、可愛らしい声が続ける。ごめんね、声が出ないの——

「昴」

　私はハッと目を見開いた。あまりにもリアルなカナちゃんの声で。変声前の、ではなくて今のカナちゃんの、低くて柔らかな、私を呼ぶ大好きな声。

「カナちゃん」

ソファで寝転ぶ私を見下ろしていたのは、シャツにスラックス姿のカナちゃんだった。ノーネクタイなのはクールビズだからだろう。

「どうした？　急に。何かあったのか」

温かな手のひらが、私のおでこを撫《な》でる。親指で眉頭を柔らかにくすぐり、するりと動かされた指先は頬を包み込んで。

まだ半分まどろみの中にいる私は、その手に擦《す》り寄りながら呟いた。

「カナちゃんは……赤い振り袖が似合ってたね」

「昴」

低く穏やかな声――ややあって、彼は喉で軽く笑ってから言った。

「今の俺が着たら似合わないだろうな」

その言葉に、振り袖姿のカナちゃんを想像する。今の、身長高くて肩幅広くて筋肉質なカナちゃんで、だ。

「ふふっ、ふふふふふふふ、似合うよ、超似合う」

「こら」

カナちゃんが笑って私の鼻を摘《つ》まむ。私は笑いながら身を捩《よじ》り、彼の手から逃れうつ伏せになってクッションに顔を埋める。

途端に、目の奥が熱くなる。

好き。大好き。どうしよう。

溢れ出した涙が、クッションに染み込んでいく――

「昴？」

カナちゃんの指先が、肩に触れた。

「昴、本当に何かあったんじゃ」

「カナちゃん。私とカナちゃんは、友達だよね？」

私の言葉に、カナちゃんが黙り込む。それから言葉が沈んでしまったかのような声色で「ああ」とカナちゃんは相槌《あいづち》を打った。

「――友達、だ。友達」

ともだち、って一字一字彫りつけるように彼は発音した、ような気がして――

「……うん」

私はしゃくり上げそうになった、そのままのぐしゃぐしゃな顔を上げてカナちゃんを見た。カナちゃんは――なんだか驚くくらいに無表情だった。険しささえも感じるような眉《び》宇《う》。思わず固まった私の頬を、カナちゃんがゆっくり撫ぜる。

「それで？　昴は『友達』の俺に何があってここに来たんだ？」

「あ……」

私はひとつ呼吸を置いたあと、ゆっくりと身体を起こす。それから……プチプチとブラウスのボタンを外して行った。さすがのカナちゃんも目を丸くして眉間を緩め、狼狽した声で私を呼ぶ。

「昴？」

「カナちゃん……ね、しよ？」

何を、とは問われなかった。カナちゃんはしばらく無言になったあと、低く息を吐いて高級そうな腕時計を無造作に外し、ローテーブルに置く。

「何があったのかは聞かない」

ソファの背に手を置き、私を覗《のぞ》き込みながらカナちゃんは言う。

「けれど、俺以外のやつにそんなこと言うのはやめてくれ」

「……言わないよ」

「約束だぞ」

「ん」

約束。

こくりと頷くと、カナちゃんは僅《わず》かに表情を緩め、そっと私の目を見つめる。

お互いの鼻の高さぶんだけの距離。そっと目を閉じると、唇が重なった。柔らかくて、あったかい。でもちょっとだけかさついてて——と、私の唇を柔らかくて、でも少し固い、濡《ぬ》れた何か……カナちゃんの舌がつん、と舐《な》める。開けと言われているようで。

私がそっと唇に隙間を作ると、割開くようにその舌が進入してくる。舌先は私の口内を確認するかのように、慣れない私ですらやきもきしてしまうくらい、ゆっくりゆっくりと舐め上げていく。

「ふ、は……ぁっ」

うまく息ができず、大きく息をする。そんな私の口の、上口蓋の少し奥を舌が撫でる。

「ん、っ」

カナちゃんの手が私の顔を支え、私は口の中を蹂躙《じゅうりん》されるがまま。肩で息をしながら私はどちらのものとも言えない唾液を飲み込んで、なおまだ口内にあるカナちゃんの舌について考える……。

私はカナちゃんが好きだから、口の中だろうがお腹の中だろうが好きにしてもらって構わないけれど、というか嬉《うれ》しいんだけれど、カナちゃんはよく「友達」にこんなことできるなあ……慣れてるのかな。それとも単にキスが好き？
キスされたまま、乳房を半分はだけたブラウス越しに強く揉まれる。キスされたままで
うまく喘《あえ》げなくて、呻《うめ》くような、それでいて甘えているような高い声が漏《も》れる。
カナちゃんは「ぐっ」と低く喉で耐えるような声を出して、ブラウスを下着ごとたくし
上げて直接私に触れた。
「ん、んぁっ、ん、はぁ、っ」
快楽から声を上げようと舌を動かすたび、カナちゃんの舌が絡みつく。どろどろに蕩《とろ》け
てしまいそうな口の中。カナちゃんが私の舌を甘噛《が》みしながら、私の胸の先端を弾《はじ》く。
「ぁ――っ、う！」
舌が動かせずに甲高く叫《さけ》ぶ。カナちゃんが低く笑った気配がした。
彼はそのまま私の先端をぐにぐにと摘まむ。そのたびに敏感な神経が淫《みだ》らな気持ちよさ
を拾って身体の中をじゅくじゅくと蕩けさせていく……
カナちゃんが唇を離す。ペロリと口の端を舐めるその赤い舌――すっかり力が抜けた私
はソファに背を預け、それを見つめながら肩で息をした。
カナちゃんはソファの前に立ち、私を見下ろしている。一見無表情にも見えるその双眸
に明らかな熱情が激《たぎ》っていて――私の下腹部が疼《うず》いた。

カナちゃんは私の腋《わき》の下に手を入れ、何をするかと思えば私の身体を反転させた。背中を預けていたソファの背に、膝立ちで向き合う格好。

「カナちゃん……？」

ソファの背を両手で摑《つか》みながら振り向くと、彼が微《かす》かに笑う。そのままカナちゃんは私のスカートを腰までたくし上げた。

「ひゃっ」

カナちゃんは私のお尻を撫でて、そのまま下着のクロッチをずらし、指を後ろから私のナカに進めてくる。挿入《はい》るときに、ぐちゅっという淫らな水音がはっきりと聞こえた。

「ん、んんっ……」

思わずソファの背にしがみつき、声を殺す。あまりに気持ちよくて、きゅうきゅうと指を締め付けた。

「この間まで処女だったくせに、濡《ぬ》れすぎなんじゃないのか」

カナちゃんが背後から低い声で告げるように言う。

「ん、っ、……だって、ぇ」

私は何も言い訳が思いつかず、ただ羞恥《しゅうち》で頰を熱くしたまま言った。

「変、かな？　引く……？」

「いや？」

カナちゃんが私のナカで指を僅かに動かす。それだけでどろりと粘膜が蕩け、肉襞がわななないた。反射的に腰を動かす私の耳元に唇を寄せ、カナちゃんが言う。

「むしろ変になってほしい」

「あっ」

ぐちゅぐちゅ、と指が粘膜を掻き回し始める。ソファの背を強く握りしめ、快楽に耐える私にカナちゃんが言う。

「それと——引くわけがない。こんなに興奮しているのに」

カナちゃんの熱い声とともに、布越しの何か硬いものが腰に当てられる。カナちゃんの……私はごくりと唾を飲んだ。

カナちゃんは指を抜いて、どうやら屈《かが》み込んだみたいだった。

「カナちゃん？」

半身で振り向くと、カナちゃんは両手で私のお尻の肉を広げて……いるところだった。

私の全身からぴゃっと汗が噴《ふ》き出す。な、な、な、何⁉

「っ、な、何してる、のっ⁉」

「いいから」

「よくないよ……っ、ひゃぁんっ」

ふっ、と息を吐きかけられ、私は思わず腰を突き出した。カナちゃんが笑って、私の入り口を大きく開く。

「あ、あ、だめ、見えちゃう」

私は声が裏返ってしまいそうなほど声を震わせ、そう訴えた。

（お腹の中、見られちゃってる……っ）

どろどろに蕩けてるお腹の中……！

私は羞恥でそれこそ頭の中まで溶けてしまいそうだったけれど、カナちゃんの返答は実にシンプルなものだった。

「見てるんだ」

「やっ、やだっ」

ぐしょぐしょに濡れているせいで、カナちゃんの息が当たるたびにヒンヤリする。私は半泣きになりながらナカの肉襞が空気に晒《さら》されるのを感じた。

「恥ずかしくて死にそう……」

羞恥心で顔が発火しそうになりながら呻くと、カナちゃんが私のお尻にキスをする。

「これくらいで死なれていたら困るな」

「え、……っ、ゃ、あっ」

広げたナカに、カナちゃんの舌先が唐突に挿《い》れ込まれる。

「ぁ、あっ」

空気に晒され、冷えていた入り口付近の粘膜に生温い舌が触れる。

舐められてる、ナカ、舐められてる……っ！　生々しい快感で腰が揺れ、私は強くソファにしがみついて叫《さけ》んだ。

「やっ、やだっ」

「嫌なのか？」

ちゅ、じゅる、とわざとらしく音を立てて舐め上げながら、カナちゃんが言葉を続ける。

「こんなにトロトロになっているのに？」

「ん、んっ、ちが」

「違うのか」

カナちゃんが口を私から離す。かと思えば、ぐっとナカに何本か指を埋め込まれた。

「ふ、……ぁっ」

カナちゃんが無言で指をぐちゅぐちゅと蠢《うごめ》かす。指先が動くたびに私の口から勝手に甘えるような声が漏れた。

「あ、っ、ぁあっ」

ナカで好き勝手に動く指。私はただ喘ぎながら、それを受け入れて――ぐちゅぐちゅと零れていた音が、こちゅこちゅ、と空気を含んだ音に変わっていく。肉襞がわななき、同時に強く収縮しているせいだった。

「凄《すご》いな。入り口、ひくひくしてて可愛い」

「な……っ、何見てるの⁉」

「昴の可愛いところ？」

そう言ってカナちゃんが指を折り曲げた。

「あぁっ⁉」

思わず顎を反らす。ぴりぴりとした感覚が、お腹いっぱいに広がった。ぐちゅぐちゅと肉襞を擦《こす》られ、気持ちいいところをごつごつと押されて――私の「恥ずかしい」って意思とは裏腹に、身体はどんどん高みへ向かっていく。

「うあ、カナちゃん、カナちゃん……っ」

やだ、恥ずかしい。カナちゃんの視線を感じる。イくところ、見られ、ちゃう……！

「や、だ……っ」

私はソファの背にしがみつき、高い声を上げて達してしまって……がくりと力を抜く。

「……ふ、う……っ」

ずるずるとソファに倒れ込む私の頭をそっと撫でて、カナちゃんは私を抱き上げた。

ゆらゆら揺れる動きとカナちゃんの体温に、緩い眠気に身体が包まれる。カナちゃんが「こら」と甘い声で私を叱《しか》る。子供とか、猫とかに言うような口調だった。

「寝るな」

「……だって」

眠いんだもん、と半分本気で眠りながら言ったときには、私はベッドに寝かされていた。カナちゃんもベッドに乗ってきて、マットレスが揺れる。カナちゃんはちゅ、と私の額にキスをしたかと思うと、「ごめん」とまどろむ私になぜか謝った。

「んー……？」

「悪い、一回イかせてくれ。キツすぎる」

そう言ってベルトを緩め、スラックスをくつろげた。溢れるように出てきたカナちゃんのは、強く屹立して血管を際立たせ、先端からとろりと透明な液体が零れている。

「……よく考えたら、私でそうなるの、すごくない？」

カナちゃんはコンドームを着けながら「？」と私を見る。

「なぜ」

「だって、私だよ？　大して魅力もないと思う」

カナちゃんはきょとんとした後、顔をぎゅっと顰《しか》めて「そんなわけないだろ」と低く言う。

「え？」

「昴は魅力的だよ。この上ないくらい」

そう言って私の膝裏を押し上げた。スカートの裾が腰まで落ちてくる。ずれていた下着のクロッチをさらに横にくいっとずらしたかと思うと、ほとんど突然と言ってもいいくらい、一気に押し入ってくる。肉襞を暴力的なまでに擦り上げ、一気に最奥に――

「っ、ぁ、ああっ！」

つま先が跳ねた。

カナちゃんは低く息を吐いて、そのままガツガツと一番奥を抉《えぐ》ってくる。

「あ、あ、あんっ、あっ」

奥を突かれるたびに嬌声が零れた。

子宮が揺らされてしまうくらいに激しく抽送され、まともに息もできない。抜かれそうになるくらい引かれたかと思えば、すぐに最奥まで肉襞をずちゅずちゅ擦りながら戻ってくる。腰と腰が当たる音が、ぐちゃぐちゃの水音と混じる。

「やっ、激しっ、無理っ、だめ……ぇっ」

カナちゃんは「はぁっ」と荒い息を吐いて続けた。

「悪……い、昴、止まれない」

気持ちいい、と彼は呟いて、私の膝裏を乱暴に摑んだ。ぐいっと押され、あられもない格好にされた私の最奥へ、ほとんど垂直に打ち込まれる彼の熱。

「あ、あっ、カナちゃんっ、カナちゃん……っ」

来ちゃう、イっちゃう、と首を振る私の一番奥をカナちゃんはごつごつ貪《むさぼ》る。ぎゅうっと彼のを締め付け、私はシーツを握りしめて弾《はじ》けるような絶頂に身を任せる――

頭が真っ白になった。ビクビクと肉襞が痙攣《けいれん》していて……気を失ってしまいそうなほど、気持ちよくて……

なのに、カナちゃんは止まってくれなかった。

「あっ、カナちゃ、止まっ……私、今、イっ」

「そうか」

カナちゃんは聞き分けのない猫に言うかのような声でそう言って、ごちゅん！　と最奥を突き上げた。

「は、ぁ……っ」

喉《のぞ》を仰《の》け反らせ、私は身体を跳ねさせた。

カナちゃんは私の右足首を摑み左の太ももを押さえつけて大きく足を開かせ、ごちゅごちゅとさらに抽送を速くする。

「んぁっ、くっ、ふぁっ、ぁあっ、あうっ」

可愛くない喘ぎが漏れ、視界がチカチカする。線香花火が目の前で炸裂しているかのよう。子宮が震えて全身に快楽を伝えてくる。ナカの肉襞はトロトロと蕩け落ちそうになりながら同時に痙攣し彼を締め付け、ただ絶頂し続けていた。

「ぁー……っ、あ、っ……」

だらしなく喘ぐしかできない私の身体を揺さぶって、彼の屹立がぐぐっと質量を増す。

カナちゃんが私の名前を呼びながら、薄い被膜越しに果てるのが分かった。ぐっぐっと腰を押し付け、全部吐き出そうとしているのが妙に愛おしい。

「昴、昴……っ」

「カナちゃん……」

愛おしさから零れた彼の名前に、カナちゃんの唇が緩く笑みの形を作る。そのまま抱きしめられて、彼の速い鼓動を感じる。

彼も気持ち良かったのかな、そう思うと愛おしさが増して……増し……あれ？

「あの、カナちゃん?」

「昴、ごめんな。すぐイって」

「いやあの、私、満足……」

上品そうな微笑みを湛える彼のが、また私のナカで硬くなっているのが分かる。カナちゃんは私から抜いて、先端に白濁を溜めたコンドームを無造作に床に捨てると、また新しいそれを着けて私を見下ろした。

「次は頑張るから」

「……!」

「明日休みだろ? 起きなくていいから」

「でも、朝ごはんとかっ」

「いいから」

カナちゃんはとっても悪い顔をして、笑った。

「……あの純真無垢《むく》な振り袖のカナちゃんはどこ⁉」

思わず漏らした私の言葉に、カナちゃんはさらに笑って——こう言った。

「ごめんな、悪い男になっちゃって」

翌朝、私はブーブーというスマホが震える音で目を覚ました。

「……ん、おじいちゃん……？」

寝ぼけながら画面をタップする。

「なあにー？」

なんでおじいちゃん、一緒に住んでいるのにわざわざ電話なんて？　何かあれば言いに来たらいいのに……

と、私は目を見開く。あれ、私、素っ裸じゃない？　ていうかここ、どこ？　と視線を左右に振って、横で私を悪戯《いたずら》っぽく見ているカナちゃんと目が合った。一気に眠気が吹っ飛ぶ。

（そ、そうだっ、私……！）

がばりと飛び起きた。カナちゃんは横になったまま「おはよう」と私に微笑む。私は慌てて「しー！」と人さし指を口の前に立てた。

スマホの向こうからは『昴、今どこにいる？』というおじいちゃんの声。

「と、友達の家。友達の家だよ！　昨日言ったでしょ……！」

『……今、若の声がしたような』

「き、気のせい！　気のせいだって！」

『……きちんと若のお世話に行くんだぞ』

おじいちゃんは妙に笑いそうな声でそう言って、ぷつりと通話が切れた。

「い、一体なんなの……」

「昴、無視するな」

背後からぎゅうっと抱きしめられる。

「カナちゃん」

振り向くと同時に、キスされた。何度か触れるだけのキスのあと、それはずっと深くなり、気がついたら身体ごとベッドに沈んでいた。

カナちゃんの大きな手が太ももをまさぐる。内側をするりと撫でて、それがゆっくりと上に上がっていき——

くちゅ、としっかりとした水音が響く。カナちゃんが嬉しそうに笑って、私は恥ずかしくて頬を火照《ほて》らせて——火照らせて、じゃない！

「か、カナちゃん。お仕事」

「まだ間に合う」

カナちゃんはなんでもないことのように言って、私の頬にキスを落とした。

「しようか、昴」

腰が死んでいた。腰っていうか全身に妙な倦怠感《けんたい》……気怠《けだる》い快楽の残滓《ざんし》で身体が重い。

ぼうっと天井を見つめる。

「今、何時くらいだろう……」

スマホを見ると、午前十一時過ぎ。すっかり寝過ごしてしまったらしい。

「うう……」

軋《きし》む身体を起こして、ベッドの隅に置いてあったTシャツを着た。多分、これ着ていいってことなんだろう。

リビングへ行くと、テーブルの上に近所のカフェのテイクアウトだろう、コーヒーとカフェの名前が入った紙に包まれたハムサンドが置いてあった。隣のメモには「無理させてごめん」とひとこと。

ソファでとりあえずコーヒーを飲みながら思う。頭がひたすらぼうっとしていた。今日はなんか、なんていうか、全部おやすみにしよう……

そう決意して、私はソファに沈み込んだのだった。

6

日曜日の昼下がり、ウチのお店には幸せがいっぱい詰まっている。

そもそも焼きたてパンのにおいって幸せの象徴みたいなところがあるし（これはまあ、パン屋の娘として生まれ育った私の個人的な意見なのだけれど）、それに平日の方がお客さんが多いこのお店だけれど、休日は休日で家族連れのお客さんが買い物に来てくれて、小さい赤ちゃんなんかは見てるだけで幸せな気持ちになる。

「五百六十円ですー」

お客さんがレジまで持ってきてくれたパンを袋に詰めていると、そのお客さんのしている抱っこ紐のなかから、赤ちゃんがくりくりとした瞳を細め私に笑ってくれた。

「うわ、可愛い」

思わず声に出した私に、お母さんも嬉《うれ》しそうににっこり。パンを渡して、赤ちゃんに手を振って——お店の外では、旦那さんが三歳くらいの男の子と手を繋《つな》いで待っている。

ドアベルが鳴り、ふたりが出て行く。パンが入った袋を旦那さんが受け取る。男の子が両親と手を繋いで嬉しそうに笑った。幸福を煮詰めたような光景。

私は赤ちゃんに振っていた手をゆっくりと下に下ろす。いつか私にも、あんな日が来るのだろうか？　そのとき私は、誰の隣にいるんだろう？

と、パンが並ぶ商品棚の向こう、ガラス壁面の向こうに知った顔が並んでいて私は目を瞠《みは》った。

知った顔、っていうか——

「やっほう、昴《すばる》ちゃん」

ドアベルの軽やかな音とともに入ってきたのは、七月も半ばになり、暑さが増す今にぴったりのノースリーブワンピースの英里紗《えりさ》ちゃん。パッションイエローの華やかなそれを、さらりと着こなしていた。

そして。

「昴」

私を見て目を細める、カナちゃん。

Tシャツにジーンズっていうすごくラフな格好なのに、体格がいいせいかモデルさんみたいに決まって見えた。

ふたりが並ぶと、華やかで、本当にお似合いで——

私は顔面に笑顔を貼り付けながら「なんで？」って思う——なんで、ふたりが一緒にいるの？

英里紗ちゃんはトレーとトングを持って嬉しげにパンを見ている。私はそんな彼女から、レジ前に立って私を見下ろす大好きな彼に視線を移した。

「今朝ぶりだな」

カナちゃんがこっそりとそう言う。英里紗ちゃんに、聞こえないくらいの声で。

なんで英里紗ちゃんに聞こえちゃダメなの？　私と過ごしてるの、バレたらまずいの？

そんな考えが浮かんでは消えて、浮かんでは消えて。

「昴？」

カナちゃんの心配げな声に、私はようやく平常心を取り戻す。少なくとも、表面上は。

「っ、あ、ごめん。いらっしゃいませ」

「何か変だぞ？　……今朝、無理をさせすぎたか？」

カナちゃんの言葉に、ぼっと頬が熱くなる。

なんかあれ以来、時間さえあればカナちゃんは私を抱くようになっていた。まるで何かを教え込もうとでもしているかのように——私が誰のものか理解させようとしているかのように。

もちろん、そんなはずはないんだけれど。

そんなわけで今日の午前中、私はカナちゃんの家でさんざんに啼《な》かされていた。「もう死んじゃう」って何回言ったか分からない――くらい。

「もう」

そう言って軽く睨《にら》みつけると、カナちゃんは嬉しそうに目を細めた。

「それと、夕方楽しみにしている」

その言葉に、勝手に心臓が跳ねる。嬉しくて――カナちゃんが、私をお祭りに誘ってくれたのだ。商店街の近くにある、結構大きな神社。小さい頃もカナちゃんと行ったことがある、露店も並ぶ割と盛大なお祭りだ。

「ねえ、なんの話？」

氷点下みたいな声が、唐突に混じる。カナちゃんの横に立った英里紗ちゃんが、綺麗《きれい》な眉目を微《かす》かに歪《ゆが》めて私とカナちゃんを見ていた。

「楽しそうね。混ーぜーてー」

「……大した話じゃありませんよ、先輩」

にっこり、と私にしないような顔でカナちゃんが笑った。英里紗ちゃんも満面の笑みで返す。

「いいじゃない。ねえ、なんの話？」

「今日はいい天気だなと話していました」

カナちゃんは飄々《ひょうひょう》とそんな嘘《うそ》をつく。英里紗ちゃんは「ふうん」と少し不機嫌に呟《つぶや》き、トレーをレジに置いた。

「お会計お願いしまーす」

「あ、……うん」

私は英里紗ちゃんのパンを袋に詰めながら、できるだけ冷静でいようと頭を動かす。

そうだ、そもそも私とカナちゃんの関係は……人様に堂々と言えるようなものではなくて。だから英里紗ちゃんに隠すのだって、全然普通で。

だから、ここに意味はない。

意味はないよね？

私はカナちゃんを見上げる。カナちゃんは心配げに私の目を見返す。

そこにあるのは、一体どんな感情なんだろう？

私はいちいちそれをマイナスに捉えてウジウジと悩む。好きな人のささいな言葉や行動にテンションが乱高下して、なんていうか、ほんとしんどい……

これが恋なのか。

もしかして、もしかしなくても、目の前を通り過ぎていくカップルたちはみんなこんな思いを毎日しているの？　それってすごすぎない？

――と、私はブルーグレーのレトロな花模様の浴衣姿で神社の石鳥居の下、履き慣れない下駄《げた》を履いた自分のつま先を眺《なが》める。

祭囃子《ばやし》とソースのにおいが七月の夕風に乗る。子供たちがすぐそばを楽しげに駆け抜けていった。

（……カナちゃんも着ていたっけ）

私はぼんやりと、約十五年前のお祭りを思い返す。私は暑くて浴衣なんか着たくなくて（「女の子」らしくするのが気恥ずかしいのもあったけれど）、カナちゃんは浴衣を着ていた。赤い金魚柄の、女の子の浴衣だ。紅《くれない》が滲《にじ》む山吹《やまぶき》色の兵児《へこ》帯がひらりと揺れて、まるで本物の金魚のようだった。

そういえば、カナちゃんが誘拐されかけたのって、このお祭りの帰りじゃなかったっけ
……？

私は相変わらず足元に目を落としたまま、色んなことをとりとめもなく考える。

カナちゃんは私を抱くとき、決まったタイミングではないけれど必ず私の傷跡に触れる。唇で、指で、慈《いつく》しむように、傷跡を消そうとするように……

（やっぱり、この傷跡のせいもあるのかな）

胸がちりっと痛む。この間、船のディナーに連れて行ってくれたときの「付き合おう」にはやっぱり、「抱いちゃったから」以外にも「怪我をさせたから」も理由のひとつにあるのかもしれない、と思う。だってカナちゃん、クソ真面目なんだもの……

（傷跡、といえばカナちゃんにもあるよね）

緊張のせいか思考が飛び飛びになって、次はカナちゃんの右手の甲から肩まで一直線に続く傷跡についても考えを巡らせる。あの傷跡は何があったのだろう？　なんとなく、聞けていないけれど……

いつか聞けるときが来るのだろうか？

私は軽くつま先を動かす。キラキラとラメが沈みかけた夕陽とお祭りの提灯《ちょうちん》の灯りで反射する。

……職業柄、ネイルはできないから、フットネイル……それもお店まで行ってしてもらったのだけれど。大きめのグリーンとイエローのラメが綺麗《きれい》な、夏らしいネイル。

（気合い入れすぎって思われないかな？）

きゅっと足の指を縮める……けど、フットネイルくらい普通なのかな。みんなしてるのかな？　あんまり女の子女の子して育ってないから、分かんないや……っていうか、浴衣の時点で気合い入れすぎって思われたらどうしよう？　引かれちゃわないかな。こういうの初めてで分かんない。私が「女の子」らしくするのって、カナちゃんから見たらもしかして変？

「昴」

名前を呼ばれて、ぱっと顔を上げる。

Tシャツにジーンズの、昼間と変わらないラフな格好のカナちゃん……

「あ……」

私は頬が熱くなるのを覚えた。わ、や、やだ、やらかした。やっぱ気合い入れたの、私だけだ。

「カ、カナちゃん。あのね浴衣、その、あの、あんまり着る機会ないから、その」

私はカナちゃんの顔から目を逸《そ》らしながら、慌てて言い訳を口にする。

「……そうか」

カナちゃんはそう言って目を細めて、それから私の指先を握った。

「……っ⁉」

「よく、似合ってる」

私は目を瞬《またた》いた。カナちゃんが少し眩《まぶ》しそうな顔をしたのは、夕陽のせいだったのだろうか？　私は多分、夕陽のせいとか言い訳できないくらい真っ赤になっている自信があるのだけれど。

鳥居をくぐり、石畳の参道沿いにずらりと並ぶ露店をキョロキョロと眺《なが》める。お祭りの騒めきがさらに増したような感覚。

「わー、なんかこういうの久しぶり」

「俺もだ」

カナちゃんは私の手を握ったまま言う。湿った盛夏直前の風が、混雑した人波の間から頬を撫《な》でた。じきに梅雨明けだろう、と植え込みの合歓《ネム》の木を見上げる。鳥の羽のようなほのかな紅色が夕陽で淡く輝いた。

多分、手を握ってくれているのは――この混雑のせいだって、そう思うんだけれど……

ああどうしよう、分かってても照れる。

手汗が出てるかもって気になって、僅《わず》かに指を動かす――と、カナちゃんが手の力を緩めた。

（あ、離されちゃう）

妙な寂しさみたいなもので胸が詰まりそうになるけれど——手は離されなかった。それどころか、指を絡めてカップル繋《つな》ぎにされて。

「え、っと」

戸惑いが、思わず言葉に出てしまう。カナちゃんは一瞬息をつめて、それから「嫌か?」って騒めきにかき消されそうな声で言う。

「ううん！　嫌じゃない！」

思わず大声で返すと、私を見下ろすカナちゃんが破顔する。楽しそうに——

私は心臓が蕩けそうになってしまう。そんな顔をされると、本当に心臓に悪い。好きで頭と心臓がいっぱいになってしまって。

ああ、恋ってなんて身体に悪いの……

「小さい頃も来たな」

「き、来たね」

照れながら答える。カナちゃん余裕たっぷりに見えて、それが私への特別な感情の無さゆえだと考えてしまってなんだか切ない。

「昴、金魚すくい、めちゃくちゃヘタクソだったよな」

それでも楽しげにお祭りを見回すカナちゃんに、私はつい、嬉しくなってしまって。

「あー、うん。なんかね、ああいう忍耐と緻密さを要求されるのは苦手かも。今もね」

なんて普通に返した。

そんな私の言葉に、カナちゃんが不思議そうな顔をする。

「そうなのか？　料理なんか、両方兼ね備えていないとできなさそうだ」

「うーん、それはそれって感じなんだよね」

なんだそれ、とカナちゃんが笑う。

こんなふうに笑うとあの頃の、女の子みたいだった頃のカナちゃんの面影が浮き沈みして、懐かしいような切ないような、楽しいような気分になる。

ノスタルジー、って言葉が一番近いんじゃないかなと思う。はしゃぎ回っていたあの頃、子供の頃、最強だったあの頃の――私たちに戻ったみたいな。

「でも射的とかは得意だったよ」

「そうだったな」

「カナちゃんはヘタクソだったよね」

私の言葉に、カナちゃんがむっと眉を軽く寄せる。

「今はそんなことはない――と、思う」

お、割と負けず嫌いなんだなカナちゃん。

「じゃあ勝負ね」

私はにやりと唇を上げて、一番近くにあった適当な射的屋さんを指さす。すっかり日も落ちて、裸電球に照らされる紅白幕。赤い台の上に並ぶお菓子やおもちゃが当たる的《まと》――ふむ、って顔で屋台を見つめたカナちゃんはやたら真剣な顔で頷《うなず》いた。

「構わない」

「余裕ぶってるけど大丈夫ぅ？　久々に本気の『昴くん』を見せてあげる」

そう言って、私たちは屋台のお兄さんにお金を支払った。カナちゃんがふたり分出そうとしてくれたけれど、全力で断った。

「だってこれ私とカナちゃんの勝負だし！」

力強く言い切ると、カナちゃんはやっぱり楽しそうに大きく笑ったのだった。

そうして、私は自信満々に射的の空気銃を手に取って……

「今の当たってなかった⁉」

「当たっても落ちないとダメなんすよ～」

屋台のお兄さんが、揺れて倒れたお菓子の箱をきっちりと立て直す。五発中四発は外れ、どうにか掠《かす》った最後の一発も不発となった。

「……こ、こんなはずじゃ」

なんて、三流の悪役が口にしそうな台詞を口にしがくりと肩を落とす。こんなに射的って難しかったっけ？

そういえば子供の頃は、掠って倒れただけでもお菓子をくれていた気がする。あれは子供ゆえに履かせてもらっていた下駄だったのだろう。

屋台のお兄さんが苦笑しながらちょっと落ち込む私に「はい、参加賞」と駄菓子を手渡してくれた。裸電球に照らされたおもちゃの的やお菓子をじとりと見つめる。

「次は俺だな」

そう言って、カナちゃんがお兄さんから空気銃を受け取った。コルクを詰めてすうっ、と構える仕草がやけに様《さま》になってい……

「うそっ！」

ぱん、と乾いた音とともに発射されたコルクは、いとも簡単に私が取り損ねたお菓子の箱を下に落とした。屋台のお兄さんが「おー！」と歓声を上げ、カラカラと鐘を鳴らす。

でもそれじゃ終わらなかった。おもちゃが当たる「小当たり」どころか「大当たり」の的まで倒してしまって、お兄さんも苦笑している。それどころかギャラリーまで集まってきていた。

「えー、なんですか？　ライフルのオリンピック選手～？」

愚痴《ぐち》を含んだ冗談を飛ばしつつ、お兄さんがビニール袋に突っ込んで渡してくれたのは、倒したお菓子と当たりのおもちゃ——「小当たり」の「プリンセスセット」と「大当たり」のモデルガンだった。

モデルガンっていっても、子供向けの吸盤がついた弾《たま》の、安っぽいやつ。でも薄暗いところで見ると、ちょっと本物感があってカナちゃんが持ってるとカッコいい……って私はまた何を考えているのやら。

射的のあとたこ焼きと焼き鳥を買って、神社の裏手にあるベンチに座った。少し遠くに騒めきが聞こえる。りぃ、りぃ、と夏の虫が鳴いていた。

「しかし、プリンセスセットか……」

カナちゃんは苦笑してプラスチック製のティアラや指輪を眺《なが》めた。それからふと思い出したように私の方を見る。

「な、何？」

慌ててたこ焼きを飲み込んでカナちゃんを見上げると、カナちゃんは「昴が欲しがっていたような気がする」と私にそれを押し付ける。

「ええ？」

欲しがってはいなかったけれど——とやけにピンクピンクしいパッケージを見つめてい

ると、カナちゃんが「昔」と唐突に言った。

「昔、だ。昴が『昴くん』だった頃」

「え？」

「それこそ射的で、あの頃はおもちゃもそのまま並んでいて……昴が何回も狙って失敗していた、ような気がする」

「……あ」

思わず赤面し、顔を覆《おお》いたい気分になる。

女の子の格好をするのすら妙に恥ずかしくなっていた小学生時代。

それでも、なんていうか、憧れはあった。レースたっぷりのドレスや、キラキラの宝石。きっと「買って」と言えば千円もしないおもちゃだろうし、何かのタイミングで買ってもらうこともできただろう。でも恥ずかしくて親にも言えなくて、なんとか手に入れようと射的に挑んだ「昴くん」だった頃の私。

「なんでそんなの覚えてるの……！」

「似合うだろうなと思ったんだよな」

カナちゃんがぽつりと言う。

「俺はあの頃、昴のことを男の子だと思っていたけれど……でも、ティアラや指輪、似合うだろうと」

「に、似合わなかったよ……！」

「そんなことない」

カナちゃんはそう言ってその大きな手で私から「プリンセスセット」を受け取る。そうしてそれを開封して、指輪を取り出した。プラスチックの赤いハートの宝石がついた、銀色の指輪。その指輪をもって私の左手をとり、薬指に嵌《は》めようとして――眉を上げた。私は思わず笑ってしまう。

「カナちゃん、さすがに子供用は入らないよ」

「だな」

カナちゃんは苦笑して、代わりに小指にその指輪を嵌めてくれた。

私はどきどきが止まらない。

カナちゃんからしたら、大した思い入れがあるものではないと思う。射的をして、たまたま手に入った「プリンセスセット」。それが私が小さい頃欲しがっていたものと似ているから、プレゼントしてくれようとしてるだけで。

それでも――

私はお祭りの明かりに、偽物の宝石をかざす。裸電球と提灯の光に煌《きら》めくイミテーションにもなれないプラスチックのルビー。

それがとても美しいと思った。

一生大切にできるくらいに。


翌、月曜のお昼過ぎ――

私は知りたくなかったことを知る。


「若の見合いだがな、うまくいっとるみたいでな」

「おお、それは重畳」

「どうも相思相愛のようでな」

「やっぱりなあ。雰囲気《ふんいき》が甘いんだよ、甘い」

いつものイートインコーナーでコソコソと話す、おじいちゃんと大岡《おおおか》さん。

私はレジで小銭をキャッシャーに補給しながら、何度も目を瞬いて、喉が勝手に震えて嗚咽《おえつ》を漏《も》らしそうになるのを耐えた。

（……結局、お見合い、したんだ。カナちゃん）

震える指先で、百円玉を数える。一枚、二枚、三枚……

（お見合いしないって言ってたのに）

唇を噛《か》む。

百円玉が床に落ちる。チャリチャリチャリチャリーンって音に、大岡さんとおじいちゃんがばっと振り向いた。

「昴、なあにしとるんだ」

「ごめん」

私は屈《かが》んで、ふたりから顔が見えないように気をつけながら小さく叫《さけ》んだ。百円玉を拾う。一枚、二枚、三枚……

（お見合い相手って、誰だろう？）

英里紗ちゃんかな、英里紗ちゃんなんじゃないだろうか、そんな考えが止まらない。

（英里紗ちゃん、私とカナちゃんが一緒にいるの、嫌がってた）

あれって、英里紗ちゃんがカナちゃんのこと好きだったからじゃないのかな。

（ううん、そうとは限らない……）

英里紗ちゃんじゃないにしたって、いつお見合いしたんだろう。

少なくとも、あの船でのディナーの後、だとは思う。

数えながら、百円玉を拾い終わる。キャッシャーに入れる。肺から息を押し出した。苦しい。うまく、呼吸ができない。

分かっていたのに。

いつかこんな日が来るの、分かっていたのに。

そのあとの記憶は少し、ぼんやりとしている。

夕方になって、レジをお母さんと交代して商店街に夕食の買い物に出た。今日は私が夕食当番なのだ。

（……食欲、ないなー……）

私ひとりだったら、きっと何も食べてない。

少し早めの夏バテってことにして、冷やし中華にしてしまおうかな。そうだ、メインは水晶鶏にしよう。片栗粉つけて茹《ゆ》でるだけだし、ちゅるんと入るから食欲はなくても何個かはいけそう。

（食べなかったら、またおじいちゃん大騒ぎするだろうからな……）

こっそり苦笑を浮かべつつ、家族と暮らしていることにありがたみを覚える。ひとりでいたら、沈むばかりだろうから。

お肉屋さんで鶏胸肉を眺《なが》めていると、お隣の八百屋さんで誰かがコソコソと（それにしては大声だったけれど）噂話《うわさ》をしているのが耳に入る。

「舞岡《まいおか》さん」

自分の苗字に、ぎくりと肩をすくめて声の方向に目をやる。八百屋さんの奥さんと、よくパンを買いに来てくれる三丁目の奥さんだった。私に気づいているそぶりはない。私を呼んだわけじゃなくて、ウチのことを話しているみたいだった。

「パン屋さんの舞岡さんね。あそこのおじいちゃん、お孫さんと若様をお見合いさせたんですって」

「あら、あたし見たわよ。土曜か日曜か……よくお似合いだった。仲も良さげで」

私は鶏胸肉を受け取りながら、必死で聞こえていないふりをする。

おじいちゃんに「孫」は私しかいない。そして、私はカナちゃんとはお見合いなんか、していない。

商店街の皆さんは英里紗ちゃんのこともおじいちゃんの孫だと思っているから……つまり、三丁目の奥さんが見かけたのは日曜日、カナちゃんと英里紗ちゃんがふたりで買い物に来たときのことだろう。

やっぱり、カナちゃんと英里紗ちゃん、お見合いしたんだ。おそらくはあの船でのディナーの後。カナちゃんは、私との関係を英里紗ちゃんにどう説明したんだろう……？

（あー）

エコバッグに鶏胸肉をしまう。

お肉屋さんのおじさんはニコニコしている。私も一生懸命に唇を上げて、それから早歩きで家まで向かう。

その途中、ちょうど商店街の真ん中で、英里紗ちゃんが支店長代理さんをしているメガバンクの前に差し掛かった。もうATM以外のシャッターは閉まっているけれど、その看板を見上げながら呟く。

「英里紗ちゃん……」

本当に、英里紗ちゃんがカナちゃんのお見合い相手なの？

（……でも、変だ）

ごちゃごちゃしている頭の中で、違和感がひとつだけ、ある。

カナちゃんは――浮気するような人じゃない。それだけは確実だ。カナちゃんが英里紗ちゃんと付き合っているのなら、私とこんな関係を続けたりなんか、絶対にしない。

（だとしたら、カナちゃんのお見合いの話って……？）

よく分からない。こうなったら、やっぱり本人に確かめるしか……

カナちゃんか、英里紗ちゃんか、おじいちゃんか。とにかく当事者に聞けば分かる。

……と、銀行の横からコツコツとヒールの音がしたかと思うと、その英里紗ちゃんがスマホ片手に難しい顔をしながら歩いてきた。

「……あ」

思わず漏《も》らした呟きに、英里紗ちゃんがさっと顔を上げる。私は視線を逸《そ》らしそうになるけれど、ぐっと堪《こら》えて英里紗ちゃんを見た。

「昴ちゃん」

「……っ、英里紗ちゃん！　あのっ」

私は少し早口になりながら言う。

「聞きたいことがあったの。ねえ、カナちゃんとお見合いしたのって、英里紗ちゃんなの？」

「……お見合い？　ああ」

英里紗ちゃんは何か考えるようなそぶりをした後、言った。

「した、かもね」

うっすらと、笑った。

初めて見る類《たぐい》の笑顔に、私はぞくりと背中が冷えるのを覚えた。

「……あの。うまくいってるって、そう聞いて」

「うん、そうね。うまくいってる」

それを聞いて、心臓がぎゅっと痛む。

今更誤魔化しても仕方ない。事実だったら、謝るしか……。

「あのっ。私、知ってるだろうけど、カナちゃんと」

「……ああ、いいの。お互い浮気はアリなの」

「……」

思わず絶句した。

浮気アリって何。

ゾワゾワと、昔の感覚が蘇《よみがえ》ってくる。

雄大に浮気されて、死んじゃった私の一部。

「だ、めだよ……浮気は。そう、でしょ？」

「そう？　あたしはそうは思わない。本気じゃないんだし、――片倉《かたくら》くんもそう、みたいだけれど？」

「カナちゃんは、そんな」

そんなはずない。クソ真面目、なカナちゃんがそんなこと……。

「彼」

英里紗ちゃんがそっと私の耳元で言う。

「セックス、上手だよね」

私は——目を見開いた。

瞬きも忘れ、ただ宙を見つめる。その、その言葉の、意味は。

「彼、肩まで傷跡あるの、理由……知ってる？」

呆然《ぼうぜん》と英里紗ちゃんを見上げた。

英里紗ちゃんは、カナちゃんの傷を……、知ってる。

その、理由も。

私が知らないカナちゃんを。

「昴ちゃん」

冷たい冷たい、英里紗ちゃんの声。

「昴ちゃんには、もっとふさわしい人が他にいるよ？」

「英里紗、ちゃ……」

「だからあたしの言う通りにしなって言ったのに。言ったよね？　ね、もう彼に会っちゃだめ」

英里紗ちゃんは猫撫で声で私に言った。安い人工甘味料みたいな、舌にいつまでも残る、やけに甘ったるい声で。

そうして「仕事まだあるから」と言って、踵《きびす》を返して銀行に戻ってしまう。

私はそれ以上何も言えず、とぼとぼと帰宅する。その間もずっと、頭の中では「違う」って言葉がぐるぐると回っていた。

違う。

カナちゃんは、そんなこと、する人じゃ……

でも、それなら英里紗ちゃんが嘘をついたってこと？　本当のお姉ちゃんみたいな、優しくて頼りがいのある英里紗ちゃん。それこそあり得ない！

「もう、訳分かんないよ……」

頭はぐちゃぐちゃでも料理はできる。不思議なほど集中できて――あー、もっと手の込んだ料理にしたら良かったなんて思ってしまう。

冷やし中華と水晶鶏を手早く作ってダイニングテーブルに並べていると、おじいちゃんが「お！」と言いながら帰ってくる。まあ帰ってくるっていうか、自宅スペースは店舗の二階と三階だから階段上がってくるだけなんだけれど……

「冷やし中華始めましたってか！」

妙に上機嫌なおじいちゃんに、私は「あのさ」と声をかけた。

「ん？　なんだなんだ？」

「カナちゃん……片倉さんのお見合い相手、誰だか聞いてもいい？」

おじいちゃんは思い切りとぼけた顔をする。

「ん？　なんの話だ」

「だから、お見合い。セッティングしたんでしょう？　大岡さんと話してるの、聞いたんだから」

「んんっ、知らん。そんな話、しとらん」

おじいちゃんは思い切り目線をキョロキョロしながらそんなことを言う。なんで変な嘘つくんだろう、とは思うものの、お見合いをさせたのは確実のようだ。その上、こうなったら梃子《てこ》でも口を開かないことは目に見えている。

ひとつ、確かなことがある。

カナちゃんがお見合いをして、その相手とはうまくいってて。そしてその相手は、私じゃない。

相手が誰かは、もう、どうでもいい。

「……私、お世話係、辞める」

「……ん？」

「片倉さんのお世話係、辞める」

おじいちゃんはたっぷり十秒ほど黙って首を傾《かし》げてから、めちゃくちゃびっくりした声で「ん?」ともう一回、言った。

「昴、それはどういう……」

「だから、お世話係。もう行かない」

「どうして！　喧嘩でも……」

「そんなんじゃないよ。単にそろそろカフェの設計とかも大詰めじゃん？　メニューも本格的に決めなきゃだし」

「そ、そうかもしれんが」

おじいちゃんはオロオロしている。せっかくカナちゃんと英里紗ちゃんの縁談がまとまりそうなのに、私が変にカナちゃんの機嫌を損ねないか心配なのだろう。

「まあそんなわけで」

私は大股にダイニングを出て、自分の部屋に飛び込んだ。ベッドにうつ伏せになりながら、自分に言い訳を続ける。

（そうだよ、そもそも『部屋が片付くまで』って約束だったんだし）

なぜか一個だけ段ボールが残っているけれど、あれはもう「片付いた」にカウントしていい状態だろう。

(……今週いっぱいは、がんばろ)

土曜日に、一緒に食料品、買い物しちゃったしね。腐《くさ》らせたらもったいないもの。

なんだか涙も出ない。

なんの気なしにつけたテレビでは、「本日梅雨《つゆ》明けが発表されました」とアナウンサーが明るく告げていた。


翌朝、焼きたてのパンを持ってカナちゃんちへ向かう。預かっている鍵を使って部屋に入り、朝食を作っていると、Tシャツにジャージパンツのカナちゃんが寝室から出てきて不思議そうに私を見る。

「……昴」

「どうしたの」

「いや」

いつもは起こしてくれるのに、と少し甘えた顔で彼が言う。私はその眉目から顔を逸《そ》らした。ごめんねって甘やかしたくなるから、顔は見ない。

「あのさ、朝ごはん作りに来るの、今日が最後ね」

「……え」

「明日からはお昼前に来て、晩ごはんと翌朝のごはん、冷蔵庫に入れておくから。それも金曜日までにさせてもらうね」

「っ、昴。まだ部屋、片付いてない」

カナちゃんが少し早口で言う。片付いてない……のは、あの段ボールのことを指すのだろうか？

「あー、ごめんね、カフェの方が忙しくなりそうで」

私はそう一気に言うと、コーヒーメーカーのスイッチを入れた。しゅー、と水を温める音がする。

ここで一緒にコーヒー飲むの、好きだったなあ……

「そう、か……」

カナちゃんは沈んだ声でそう言って、それから切り替えたように私を見て笑う。

「今までありがとう。けれど、休みの日はまた食事とか……」

なんでそんな、期待させるようなこと言うんだろ。もうすぐ結婚するくせに。

「そうだね、時間が合えば」

私の気のない返事に、カナちゃんが私の手を取って「昴」と言う。なんでそんなに必死な顔をしているの？

「会えなくなるのは嫌だ」

「会えなくなる訳じゃないよ」

私はあえてにっこり、と笑う。

そうでしょ？　英里紗ちゃんとの結婚式でも会うだろうし――なんてことまで浮かぶ。

胸がキリッと痛む。

英里紗ちゃんもカナちゃんも、大人なんだ。

私が子供なのかもしれない。そうかも、しれないけれど……

「また遊ぼうね、カナちゃん」

心にもないことを言う。

カナちゃんがなんだか、泣きそうな顔をしている――ような気がしたけれど、どうだろう。

はっきり顔は見ていなかったから。

……と、決別を告げたにもかかわらず、なぜかカナちゃんは私の視界から消えてくれなかった。

土日と言わずお店に来たり、なんなら「いいメロンをもらったから」とか理由をつけて家の方まで来たり。

おじいちゃんだけでなくウチの親まで歓待してて、私は同じ空間で笑っているのが正直辛《つら》くて仕方ない。

だって私、それでも、……多分これから何があっても、カナちゃんのこと好きなんだもの。

たとえ、英里紗ちゃんから毎日のようにカナちゃんとのあれこれを報告されたとしても。

それでも心のどこかで、何かの間違いじゃないのってカナちゃんを信じている自分がいるのも、事実だった。

7 （要視点）

「お見合い……ですか？　いやしてませんよ」

「そうなのですか？」

署長室、デスク前の応接セットに向かい合って座っている岸根《きしね》副署長が首を傾《かし》げた。

机には書類が所狭しと置かれている。最近になってこの街に流入してきている組織犯罪集団、いわゆる半グレの対応に関して話し合いをしており、その話がまとまった矢先、ふとそんな話題になったのだ。

「いえ、そういう噂《うわさ》があったもので。小さな街ですから、そういう話はすぐに出回るのですよ。署長が結婚なさるのかと」

「完璧にガセですね」

俺はそう言い切りつつ、机に突っ伏してしまいそうになるのを耐えた。結婚、結婚はしたい。大好きな人と――お見合いだのはどうでもいい。

「それより聞いてもいいですか?」

「何をでしょう」

「意中の女性に急に避《さ》けられ出した場合の対処法です」

「それは以前仰《おっしゃ》っていた『自分のことを男として見てくれない幼なじみ』の方ですか?」

そうです、と頷《うなず》く俺に岸根副署長は「ふむ」と顎に手を当てた。

「それはポジティブに捉えてよいのでは?」

「ポジティブに?」

「ええ。男性だと意識したからこそ、距離を取り始められたのかもしれません」

俺は無言で書類を見つめる。……そんな雰囲気《ふんいき》ではなかった。俺を避けながら、……辛《つら》そうにしている昴《すばる》。

どうにか話をしたいけれど、タイミングが摑《つか》めない。摑めないというか、摑ませないようにしているというか。

俺はその日の帰り、デパートで購入したチョコレートを片手に商店街を歩いていた。午後九時過ぎ、ほとんどの店はシャッターを閉めている。

「迷惑だろうか……」

茶色の紙袋を視界の隅におさめ、俺は小さく呟《つぶや》いた。それでも、昴に会えないのが辛すぎて。

もらったから、と嘘《うそ》をついて渡すつもりだった。

――と、響くヒールの音に目線を上げる。反対側から歩いてくるのは中田《なかた》先輩だった。

クールビズだからだろう、ジャケットは無しのきっちりとしたパンツスーツ姿。

この人は昔から「こうあるべき」のような心根を感じる。堅苦しいというか、生真面目というか――俺もまた、他人から見たらそう思われているのだろうけれど。

「片倉《かたくら》くん」

目の前で中田先輩が立ち止まり、形のいい唇を上げた。

「ねえ、聞きたかったことがあるの。昴ちゃんのことどう思ってるの?」

「この間も同じ質問をされましたね」

昴と祭りに行った日の昼頃だったか。

間髪入れずに「好き」と答える俺を、先輩は笑ったのだった。明らかに苛《いら》ついた笑顔で俺を見て――パン屋に向かう俺に付いてきた。「あたしもパン買うんだけど文句ある?」と言われれば何も返せない。

あのときと同じ質問をする先輩に、俺はまたすぐに答えを返す。

「もちろん好きですよ。死ぬほど」

中田先輩が目線をこちらに向けた。どろり、とした視線に違和感を覚える。

「中田先輩？」

「……片倉くん、腕に傷あるよね。肩まで。あたしね、ゼミ旅行で見たの」

俺は曖昧《あいまい》に相槌《あいづち》を打つ。急になんだ？

「こないだ、叔母さんから聞いた。それ、車に連れ込まれかけた昴ちゃんを助けるためについた傷、なんだって」

「――それがどうか」

「その傷でさあ、昴ちゃんの同情買ったの？　丸め込んで手込めにしたの」

先輩の嫌悪感丸出しの視線を堂々と睨《にら》み返す。

「昴はこの傷の理由を知りません」

「ああそう……そうみたいね、あの子も知らなかったみたいだったわ……じゃあどうやって？　何をしたの？　あたしに反抗するような子じゃなかったのに」

俺は彼女の言い振りに思い切り眉を寄せた。『反抗するような子じゃなかった』……？

先輩はブツブツと続ける。

「……ね、もう、さあ。邪魔、邪魔をしないで」

ヒステリーじみたその声に、違和感がどんどん大きくなる。

「せっかく昴ちゃんがこの街に帰ってきたの。ここから昴ちゃんと雄大《ゆうだい》はやり直すの。うまくいきそうなの」

「邪魔?」

ブツブツ、とまるで俺が見えていないかのように中田先輩は続ける。俺は呆気《あっけ》に取られ、ただ彼女を見つめた——何を言っているんだ?

「昴ちゃんはこの街でパン屋さんをするの。雄大と結婚してね。子供は男の子と女の子とひとりずつ。二十八歳と三十二歳で産むの。保育園はね、駅過ぎたところにいいところがあるんだ。布おむつでね、自然派保育の……」

「中田先輩」

俺はなんとか口を開く。

「中田先輩、さっきから何を」

「? 昴ちゃんの人生」

なんでもないことのように、中田先輩は耳元に絡みつくような粘《ねば》っこい声で続けた。

「昴ちゃんはね、なんだかんだであたしのアドバイス、ちゃんと聞いてくれるんだよ。いい子なの。調理の専門学校に行ったのも、料理人になったのも、就職先のレストランも、あたしのアドバイスで決めてきたの。全部、全部」

俺は二の句が継げなかった。

何を、何を——言っているんだ、この人は。

頭の中で強く警鐘が鳴っている。

この人は、危険だ。

「昴ちゃんだって分かってくれる。あたしの言う通りにした方が幸せになれるんだって」

どろりとした、敵意で満ちた視線で彼女は俺を睨む。

「昴ちゃんはいい子。とってもいい子。あたしのお願いを聞いてくれる、優しい子」

歌うように、先輩は言った。

「だから邪魔しないで。あたしと昴ちゃんの人生に、きみはいないんだよ」

「——ふざけるな」

はっ、と息を吐《は》いて中田先輩を睨みつける。見下ろされているにもかかわらず、先輩の濁《にご》った視線は揺らぐことなく俺を睨み続けている。

道端に打ち捨てられた生ゴミを見るような目線だった。

「昴の人生を決めるのは昴自身だ。昴が料理の道を選んだのも、この街に帰ってきたのも、彼女自身の意思だ」

「そうだよ？　昴ちゃんの考えはあたしと一緒なの、だから邪魔しないでッ！」

そう甲高く叫《さけ》び、手に持っていたハンドバッグで俺の肩を殴りつけ、ヒールの音も高らかに先輩は走り去っていった。

「……昴」

低く、愛おしい人の名前を呼ぶ。

危険だ。あの人は、危険だ。

昴は気がついて……いないだろう。背中がヒヤリと冷たくなった。

足早に昴の家に向かう。パン屋の店舗を右手に路地に入ると二階へ続く階段があり、その先に玄関がある。俺は階段の下、玄関先で誰か大きな人影が昴に触れようとしているのに気がついた。

「——昴ッ！」

思わず叫び、階段を踏み鳴らし二階へ急ぐ。そこには驚いた顔の昴と雄大がいた。

「カナちゃん」

昴が言った。

雄大が俺を見つめ、それから眉を下げて昴を見る。

「だから——もう少し考えてくれ。今度は絶対、辛い思いさせないから」

そう言って踵《きびす》を返し、階段を下りていく。かん、かん、という硬質的な音が響いた。

昴はその背中を見送ってから、俺を見上げ、微《かす》かに震える声で言う。

「どうしたの、カナちゃん」

「……これ」

俺は少し掠《かす》れた声で、昴に紙袋を渡す。

「これ、もらったから」

「――ありがとう。でももうこういうの……」

「雄大と付き合うのか？」

だから、俺とはもう親しくしたくないのか？

ぱっ、と昴が顔を上げる。眉を寄せ、目元を赤くして今にも泣きそうな顔をして。

「カナちゃんに関係ある？」

ある、と言いたかった。

好きだから。

俺を男として見てほしかったから。

「ないとしても嫌だ、俺は」

昴の白い喉がひくつく。ぽろり、と彼女の瞳から一粒、星屑《ほしくず》のような涙が零《こぼ》れた。

「泣いてくれるのか、昴」

俺のために。

そこにある感情は――もしかして、俺と同じものなのか？

だとすれば、なぜ俺から離れようとするんだ？

「――中田先輩が」

中田先輩の名前を出すと、びくりと昴が肩を揺らす。視線と濡《ぬ》れた瞳が大きく揺れた。

「中田先輩が、昴に何か言ってきていないか？」

「っ、な、ない。ないから。チョコありがとう。みんなで食べる」

早口にそう言って、昴は玄関のドアを閉めてしまう。俺は閉まった扉を見つめながら、ざわざわとした嫌な予感で胸がいっぱいになる。

――やはり、昴の態度が急に変わった原因は中田先輩なのか？

一体、何が……

先ほどの、あまりに異様な雰囲気の先輩を思い返す。

（なんとか昴と、……中田先輩とも話をしないと）

明らかに、尋常な状態ではなかった。何かに追い詰められているような――

そう考えていた矢先、本当にすぐ、翌日のこと――

「昴？」
『ごめん、カナちゃん』
昴からの不穏な電話の直後に――
俺は、昴が誘拐されたと知らされたのだった。
水たまりのなか、夜の街の灯りを反射して光る偽物の指輪。
俺は雨の中、肩で息をしながら、それを拾い上げ強く握りしめた。

8

蕭々《しょうしょう》、と夜雨が窓ガラスを滑り落ちていく。梅雨《つゆ》は明けたというのに、実際に雨が降りやんだのは二、三日あとのことだった。

私はぼうっとバーの窓から細い銀の雨を眺《なが》めていた。目の前のカクテルグラスには、グレープフルーツのピンクが鮮《あざ》やかなカクテル——ちょっと前に、カナちゃんに連れて行ってもらったクルーズ船で飲んだカクテルの、アルコール版だ。

その前には、カナちゃんからもらったおもちゃの指輪。偽物ルビーが、きらりと煌《きら》めく。

私はそれを指でつついた。

明日は水曜、定休日。

そんなわけで私は、ちょっと混乱しまくっている頭を整理するために、ひとり飲み歩くことにしたのだ。……まあ実際は、飲まなきゃやってらんない的なところがあるんだけれども。

（考えることがありすぎる……）

私はグラスに映る店内の落ち着いた間接照明の山吹色《やまぶき》を見つめる。

と、そこに誰かの影が被った。ばっと振り向くと、そこにいたのは微笑《ほほえ》みをたたえた英《え》里紗《りさ》ちゃんだった。私は目を瞬《またた》く。

「英里紗、ちゃ……」

「ねえ昴《すばる》ちゃん、ちょっといいかな？」

私は心臓がバクバクするのを覚えた。今、英里紗ちゃんに会いたくなかった。

「昴ちゃんのお母さんに聞いたら、ここだって教えてもらって」

「っ、ごめ……ひとりでいたい」

「どうして」

英里紗ちゃんの硬質的な声。怒っているときの小学校の先生みたいな口調だった。低学年の、聞き分けのない子供を叱《しか》るような雰囲気《ふんいき》。

「変なことを言わないで。ちょっと話をしたいだけ」

私が返事にまごついている間に、英里紗ちゃんは私の横に座る。

「あのね、昴ちゃん。これは昴ちゃんのために言っているんだけれど、昴ちゃんはもう少し視野を広くするべきだと思う」

「なんの話？」

「雄大《ゆうだい》のことだよ」

私はぎくりと英里紗ちゃんを見た。英里紗ちゃんの綺麗《きれい》な唇が、いつもは優雅にカーブを描く笑みの曲線が、妙に歪《いびつ》な形に見える。

「……雄大？」

「雄大が昴ちゃんのこと、まだ一途に想ってるのは知ってるでしょう？」

「一途、って」

浮気されたのに。

なのに——また、告白された。考えてくれって……すぐに断ったけれど。

「昴ちゃんには、雄大がいいと思うな。ていうか、雄大じゃないとダメ」

「そ、れは」

震える声で質問を口にする。

「英里紗ちゃんが、カナちゃんと付き合ってる、から……？」

英里紗ちゃんはきょとんとした。それからゆっくりと顔を笑みに形作る。

「そうだよ。だから片倉《かたくら》くんのことは諦めて、雄大と結婚して？　昴ちゃん。昴ちゃんは、片倉くんにとっては単なる結婚前の遊び相手。ちょうど良かっただけだって片倉くんも言ってたよ？　昴ちゃんなら捨てやすそうだからって」

私は何度か瞬きをして――ぎゅっと膝の上、手を握りしめた。

「――嘘《うそ》」

私はようやく、それを口にする。

カナちゃんは、少なくとも友達に対して「捨てやすそう」なんて言う人じゃない。そんな人じゃない。私の大好きな人は、そんなこと言わない……！

「それ、嘘だよね。英里紗ちゃん」

ずくずくとこめかみに血が強く鼓動する。

英里紗ちゃんが、大好きな、本当のお姉ちゃんみたいな英里紗ちゃんが――誰より信頼している英里紗ちゃんが、私に嘘をついた。

その事実は、思っていた以上に衝撃で、私の身体が震えてしまう。

「嘘なんてついてないよ？」

微笑む英里紗ちゃんに、私はぶんぶん首を振る。

「英里紗ちゃんが嘘をついてるかついてないか、そんなのはもうどうでもいい――私は、カナちゃんがそんな人じゃないって知ってるだけ」

「――昴ちゃん」

ひとことそう、私の名前を呼んだ英里紗ちゃんの顔を見て——私はぎくりと肩を揺らした。

英里紗ちゃんの顔には、一切の表情がなかった。そのあとじわじわと彼女の顔が怒りを内包した苦しげなものに変わる。

「——んで」

「英里紗、ちゃ……」

「なんであたしの言うことが聞けないの！　昴ちゃん！」

あまりの大声に、そこまで広くない店内の注目が彼女に集まる。

「昴ちゃん！　あたしは昴ちゃんのために言ってあげているんだよ？　分からない？　ねえ！」

「え、英里紗ちゃん……」

「その方がいいの！　その方が幸せになれるんだよ！　あたしの」

英里紗ちゃんの声がひっくり返る。

甲高い、ヒステリックな叫《さけ》び声。

「あたしの言うことを聞け！　昴っ！」

私は反射的に、指輪を摑《つか》んで席を立つ。

ぶるぶると青筋を立てて怒りの形相で私を睨《にら》みつける英里紗ちゃんが「昴っ！　逃げるの⁉」と喚《わめ》いた。私は彼女に背を向け、足早に会計を済ませてお店を出た。

英里紗ちゃん？　あれは、私の知ってる英里紗ちゃんなの？

恐怖で鼓動が速い。何が起きているのか、全く分からなかった。

ただひとつ、はっきりしているのは――

（カナちゃん）

私は喘《あえ》ぐように息をしながら、傘を摑み雨の路上に飛び出した。傘を激しく雨が打つ。

古いコンクリートの歩道は水たまりだらけ。

（カナちゃんに、会いたい）

私はスマホを取り出して、カナちゃんの番号をタップする。信じられないほど早く、彼は通話に出てくれた。

『昴？　どうし――』

彼の言葉を遮《さえぎ》って、私は言う。

「カナちゃん、カナちゃん。ごめん。ごめんね――会いたい」

電話の向こうで、彼が息を吞《の》むのが分かった。

私はぎゅっとスマホを持つ手に力を込める。

「今から行っていい？　避《さ》けててごめん――会いたい」

『迎えに行く。今どこに』

私は答えようとして――できなかった。

目の前に雨を切り裂き滑り込んでくる白いバン。鋭くタイヤの音が雨で湿る空気を切り裂く――減速したバンのスライドドアが乱暴に開かれたかと思うと、私は腕を強く摑まれていた。

「――っ⁉」

叩《たた》きつけられるように後部座席に連れ込まれる。肺が圧縮して「かはっ」と歪《いびつ》な、痛みを伴《ともな》う呼吸をしてしまった。

（な、何……⁉）

叩きつけられてグラグラする意識のなか、車の耳障りなタイヤを軋《きし》ませる音が鼓膜に響く。身体に感じるエンジン音――手荒な運転で車が走りだしたのが分かった。

「おい、そいつのスマホ捨てろ」

運転している男が言って、私を連れ込んだ男が「うぃ～」と場違いなほど陽気な返答をしながら私からスマホを奪う。薄暗いなかでも、そいつが金色の派手な髪色をしているのが分かった。

『昴⁉』

スマホの向こうから、カナちゃんの焦燥が滲《にじ》む大きな声が聞こえた。私は男に押さえつけられながら、必死で彼の名前を呼ぶ。

「カナちゃん――っ！」

「おお、なんか悲劇って感じ」

そう言いながら金髪の男は私のスマホを車の窓から投げ捨てた。私は何が起きているのか混乱しながらも、なんとか逃げ出そうと暴れる。

「おてんばちゃんめ！」

男は馬鹿にするように笑って、簡単に私を押さえ込んだ。両手を頭の上でひとまとめにして、膝でお腹をぐうっと押す。

「げほっ」

「ほらほら大人しくしてたら痛いことしないから……気持ちいいことはするかもね？」

私を押さえつける金髪の男がそう言ってにやにや笑って――私は「やだ！」と叫ぶ。

「なんで、なんっ……目的は何⁉」

「え？　えっへっへっへ、分かんない？　オレら穴があったら入りたいお年頃なんですけど～」

私は必死で両足をばたつかせる。でもそんなの全然意味がなくて……唇を嚙《か》み締めた。

「わ！　血が出るからやめときな～」

「……おい。あんまり傷物にすると身代金ふんだくれなくなるぞ」

殺すなよ、と運転手の男が言う。

……身代金？

「あれ？　何意外そうな顔してるの昴ちゃん」

私は目を見開いた。

「どうして、私の名前……」

「え。だって、狙ってたから？」

私を組み敷く金髪の男が下卑《げび》た笑みを漏《も》らす。

「昴ちゃんって、いいところのお嬢様なんだろ？　おじいちゃんが土地持ってるらしいじゃん。この辺、再開発で土地の値段上がってるからね、儲《もう》かってるって聞いてるよー？」

「……っ？」

確かにご先祖様から受け継いだ多少の土地はある、とは思う。でもそのほとんどは、既《すで》に手放していて――

（……あ！）

私は唇を噛み締めた。

ふたり組がどこでそんな話を聞いたか知らないけれど……多分商店街の飲み屋さんとかだろう。「儲かっ」て「繁盛」しているのはパン屋のことで、「お嬢様」で「姫」なのは私を揶揄《からか》ってのことだ。

それをこの人たち、何をどう勘違いしたのか本気でとらえて――――！

「っ、そ、そんなのただの噂《うわさ》だから……っ。ウチ、ただのパン屋でっ」

「はいはいはい。ご謙遜ご謙遜」

男の手が私の脇腹を撫《な》で回して、全身の肌が粟《あわ》だった。

「やだ……っ」

「おい、着いたぞ。ひとりで楽しみやがって」

「まだ何もできてないっつの」

金髪の男が私を車から下ろす。頭に肩に、ざあざあと雨が降り落ちてくる。「歩け」と言われて顔を上げると、どうやら県道沿いの山道への入り口、潰れたコンビニの裏手のようだった。

錆《さ》びたフェンスに蔦《つた》がつたっているのが車のヘッドライトで見えていた。やがて白い雨を浮かび上がらせていたそれが消えて、運転手の男も車から降りてくる。

私はあたりをキョロキョロと見回した。

(――なんとか、助けを!)

表側まで行けば、通り過ぎる車に助けを求めることもできるだろう。

「雨、やばぁ～」

土砂降りの雨のせいか、金髪の男の拘束が一瞬緩くなる。私は「はっ」と早く息をついて男の拘束を振り解き、必死で足を動かした――ところが。

「ぐ……っ」

ばしゃん！　と水音を立てて私はアスファルトの水たまりに倒れ込んでしまう。

(何かが、足に……っ)

降りしきる雨が顔を滝のように流れていく。振り向くと、傘をさした運転手の男が片足を引っ込めるところだった。足をかけられたのだ、と気がつくと同時に、ぐっと髪の毛を引っ張られ顔を上げさせられる。

「……っ」

「こらこら逃げちゃダメじゃーん」

金髪の男だった。髪の毛を引っ張るように私を引きずりだして、頭皮が引っ張られる痛みと足の皮膚をアスファルトで削られる鋭い感覚に私は低く呻《うめ》いた。

髪を引っ張られ、無理やり上を向かされたせいで顔面を大粒の雨が打ち付けた。口の中にも雨水が入り込み、思わず咽《む》せる。

「おいこら傷つけんなって」

「はいはい」

金髪の男が私の腕を掴み無理やり立たせ、歩かせる。ぜいぜいと息をしながら身体を捩《よじ》ると、金髪の男の手の力が強くなる。

「う、っ」

「もう〜、逃げないでよ〜〜！　ぼくちん悲しくなるじゃん！」

「ぼくちん！　やっば！」

コンビニの裏口を勝手知ったる感じで男たちは開けつつ大爆笑して、私をそこへ押し込んだ。

真っ暗な店内。埃《ほこり》っぽいにおいが肺に入り込んでくる。ぼたぼたと私の髪や服から落ちる水滴が床を濡《ぬ》らす。運転手の男がスマホのバックライトで店内を照らした。

私が連れてこられたのは、もう使われていないだろう錆びついたロッカーとスチールデスク、何脚かのパイプ椅子《いす》がある部屋。おそらくスタッフの休憩室とかだったのだろう。スチールデスクの上にはキャンプ用と思しきメーカーのＬＥＤランタンが置いてあった。

運転手の男がそれをつけ、どかりとパイプ椅子に座る。ギィと軋《きし》む音が神経を逆撫《さかな》でする。

金髪の男が私を部屋の一番奥の壁に背をつけるように座らせた。

「さーて……あとは身代金のお振込を待つばかりですね……っていうか、お前だけ濡れてなくてずるい！」

金髪の男がそう言って運転手の男を睨《にら》みつける。

「傘させば良かっただろ」

「そしたら昴ちゃん逃げちゃうじゃん！　……ったく、あー気持ち悪。寒いし最悪」

そう言いながら、金髪の男が着ていたTシャツを脱ぎ、パイプ椅子にかけた。それから私を見てとても嬉《うれ》しそうに頬を緩める。

「昴ちゃんもべしょべしょで寒そうだねー？　オレと温め合わない？」

「お、そうしろそうしろ。ゴム使えよ変な証拠残すなよ」

「えー生がいい。昴ちゃんのナカのあったかさ、直接感じたいなあ～なんて」

私は身体を抱きしめて、必死で脱出口を探す。

入ってきたドアの他には、胸くらいの高さに割と大きな窓があるくらい……窓の外は暗く、降りしきる雨が白く反射して見えた。ざあざあと屋根を打ち付ける音が響く。何もない建物だからだろうか、それがやけに響いて――現実味を無くしていく。

「こ、こんなことしてタダで済むと思ってるの？」

私は必死に口を開いた。

「どうせすぐに捕ま――」

「はいはい悪あがき～」

金髪の男は私の腕を強く掴む。

「いっ……」

痛みに顔を歪《ゆが》めると、薄明かりの中、金髪が「おっ」と笑う。

「顔顰《しか》めても可愛いね！　感じてるときそんな顔するの？」

「誰、がっ！」

私は思い切り金髪の足を踏みつけ、その横をすり抜けようとする――けれど、金髪は腕を掴む力を抜くことすらしなかった。

「やば、抵抗してる女の子めちゃくちゃエロい。ぼくちん大興奮」

「おい～、てめぇさっきからキモいんだよ」

運転手の男が呆《あき》れた声で言う。

「えっそう？　泣き声とかエっっグいくらいバキバキにクんだけど、オレ」

男たちの下卑た笑い声が室内で響く。

金髪は私の上半身をスチールデスクに押し倒した。ＬＥＤランタンが派手な音を立てて床に落ち、転がる。割れた様子はなさそうで、部屋に歪な丸い灯りがゆらゆらと揺れた。

私はデスクに後頭部を強く打ち付けて、息が詰まった——ところで、店舗のほうから扉を開ける音がした。

「だ、誰か来たけど⁉　もうあんたたち逃げられな……」

「この状態で来るの、オレたちの仲間だってどうして思わないワケ？」

金髪が心底不思議そうな声で言って、それから「へえ」と私の首筋に触れる。

「昴ちゃん、かわい〜い。ナニコレ、首のとこ。ハートのアザ？　横のこっちは傷跡？」

「や……っ、触らないで！」

カナちゃん以外に触られたくない！

身体中どこだってこいつらに触れられるのは嫌だったけれど、この傷跡は——カナちゃんまでも汚《けが》されるような感覚になって、どうしても嫌だった。

きっと睨みつけると、金髪は楽しげに肩を揺らした。ちょうどそのとき、うっすらと部屋のドアが開いてすぐに大きく開かれた。ゴン！　とドアが壁にぶつかる音がする。

「ちょっ……何してるの⁉　話が違うじゃない！」

私はその声に目を見開いた。

見開かざるを、得なかった……だって。

そこにいたのは、顔面蒼白になった英里紗ちゃんだったのだから……

「え、英里紗ちゃ……!?」

「大丈夫、昴ちゃん。すぐに手を離……っ、きゃあっ」

英里紗ちゃんが運転手の男にはがいじめにされる。運転手の男が不揃いな歯を見せて笑った。

「なーにが『話が違う』だマジメちゃんめ。アンタみたいな世間知らずがオレらみたいなのを利用しようとすること自体が甘いんだわ」

「利用……?」

思わず口をついて出た言葉に、金髪も歯を見せて反応する。

「あっはっは！　ねえねえどんな気分!?　仲良しの従姉が自分を誘拐する片棒を……なんだっけ」

「『片棒を担《かつ》ぐ』」

運転手の男が馬鹿にするように言って、でも金髪は気にもかけずに続ける。

「それそれ！　片棒を担いでた気分、どう？」

「それ、……って？」

英里紗ちゃんが……英里紗ちゃんが、こいつらと組んで私をここに攫《さら》ってきた、ってこと……？

「違うの、違うの昴ちゃん！　こんなはずじゃ、こんな……っ」

はがいじめにされている英里紗ちゃんがぼろぼろと泣きながら叫ぶ。

「こんなはずじゃ！」

「教えてあげたら？　自分のクソみたいな計画をさあ！」

運転手は肩を震わせて嗤《わら》う。

「なんかさあ、こいつ。アンタのこと自分の思う通りの人生を歩ませたいんだってさ！」

「そ、それは……だってその方が、昴ちゃんのためになるの！　昴ちゃんの幸せなの！」

英里紗ちゃんがぶんぶんと首を振る。私はのし掛かられたまま、目線だけを動かして呆然と英里紗ちゃんを見つめていた。

そんな私たちを満足げに見遣《みや》ってから、運転手の男は続ける。

「それでな、えーとなんだっけ？　雄大？　なんかいるんだろ元カレが。そいつと結婚させたいんだってさこの従姉様は」

泣きじゃくる英里紗ちゃん。降り続く雨が窓に打ち付ける音。すぐそばにいる金髪の男の、嫌悪感しかない呼吸音。

「それでなあ、こいつの計画的には？　なんかオレらに昴ちゃん誘拐させて、その雄大とやらに救出してもらい？　ほんで昴ちゃんと雄大くんが恋に落ちてエンダァァア！　な予定だったらしいんだけどさあ、あっはっは、マジウケるよなクソだせえ」

運転手の男はたまらないといった様子で半分仰《の》け反《ぞ》るように笑う。英里紗ちゃんは目を見開いて運転手の男を見ている。

「なんで、知って……あたしは昴ちゃん誘拐してとしか、頼んでな……」

「え？　なんかコソコソコソコソ連絡取ってただろ？　ＤＭで。普通に。馬鹿かよ、スマホパチってアカウント乗っ取りとか余裕なんですけどー」

英里紗ちゃんの顔が真っ青を通り越して真っ白になった。そういえば、スマホ、落としたって……

「あ、あのときから、もうこんなこと考えてたの……？」

「ち、違うの。違う。昴ちゃんさえちゃんと言うこと聞いてくれていたら、雄大の告白に応えてくれていたらっ、こ、こんなこと本当にはっ」

「あははは、何が違う～だよ、身代金振込用の口座まで準備してくれてんのにさ。しかもさらにダサいのはぁ、オレらが元々昴ちゃん狙ってたの知らなかったってことだよな！」

「え？」

「昴ちゃんとは実はハジメマシテじゃねえんだよなあ～」

金髪の言葉に、運転手が「昴ちゃん的には初めましてだろ」と答えた。金髪は「まぁね～」と言ってから続ける。

「覚えてないかな？　昴ちゃんがこの街に帰ってきた初日がオレたちとのファースト……ファースト？」

「ファーストコンタクト？　お前自分の使えねぇ言葉使おうとする癖《くせ》やめろってダセェから」

ふたりの会話を聞きつつ、私はようやく思い出す……あの、カナちゃんのマンションの前、歩道に急に入ってきた白いバン！

「な、なんでそんなことっ」

英里紗ちゃんの悲鳴じみた言葉に、金髪が愉《たの》しげに口を開き、私にしたのと同じ説明をする。

「いやなんか噂で？　すげえお嬢様だって聞いたからお金もらえるかな～ってあはは。最初失敗したあと、ちょっとだけ県外にいたんだけど舞い戻ってきちゃいましたあ！」

「オレら東京で色々あってさ、まとまった金が必要なんだよ」

「恵んでくれよぉ～、お金あるんだろぉ～？」

金髪が唇を尖《とが》らせ、妙な声色を作って笑いながらそう言った。運転手が呆れたように肩をすくめる。

「よし、喧嘩はここまでー。金入るまで一緒に楽しもうぜ。雄大とやらには別の場所DMしてあっから、オレらが空っぽになるまで付き合ってな?」

「っ、や、やめてっ」

英里紗ちゃんの上擦《うわず》った悲鳴。

金髪の男の視線が、私に向く。どろどろとした情欲が垂れてきそうな目線――

「いっぱい喘《あえ》いでいいからな? 強気な女の子喘がせるのオレ、得意なんだって~」

私はぎゅっと唇を噛み締めた。

絶対絶対絶対、何されても声ひとつ立ててやらない。強く睨みつけると、サディスティックに金髪は目を細めて――その瞬間だった。

ガシャン! とガラスが割れる音がした。キラキラとガラス片《へん》がLEDランタンの灯りを反射して、星屑《ほしくず》のように煌《きら》めく。それがスローモーションのように見えて――

「え?」

私の上で顔を上げた金髪男のその顔に、雨に濡れた黒い革靴がめり込んだ。金髪が汚い悲鳴を上げながら、スチールデスクから上半身を逸《そ》らすように落ちていく。

「……は」

思わず息を吐《は》き出した。

金髪を蹴《け》り上げたその人は、蹴り上げた勢いそのままにスチールデスクの上に私を跨《また》いで立ち、あたりを睥睨《へいげい》した。

濡れた夏の警察官の制服。私はデスクの上、身体を捩《よじ》り、ぽつりと彼の名前を口にする。

「カナ、ちゃん」

窓ガラスが割れて、そこからざあざあと雨が降り込む。ＬＥＤランタンの明かりが揺れる。

カナちゃんは無言で私を見て、それから雨に濡れた前髪をかき上げた。濡れた髪から、ぽたぽたと雨粒が落ちる。

カナちゃんの頰には一本の赤い線――それが割れた窓ガラスで切ったものだと気がついたときには、そこから垂れた赤い血が水滴と混じって顎をつたい、夏の水色の制服に落ちて滲《にじ》んだ。

カナちゃんの目線が、床で鼻を押さえて呻く金髪の男に向く。

あまりにも怜悧《れいり》な瞳が、ランタンの灯りを反射する。

「その汚い手で昴に触れたのか？」

地を這う声に、思わず私までゾッとする。カナちゃんはスチールデスクから飛び降りて、身体を丸める金髪を感情が見えない顔で見下ろす。

怒りが振り切れすぎて、表情に表れない、みたいな……

「チッ！　なんでお巡りが」

運転手がそう言いながら、部屋に転がっていたモップを拾い上げ、カナちゃんに向かって振りかぶる。

「カナちゃん――！」

悲鳴のように彼を呼んだ。

カナちゃんは相変わらず感情が見えない瞳のまま、思い切り運転手の男を殴りつける。遠慮なんか全くなかった。モップがカナちゃんの左肩に嫌な音を立てて当たる。運転手はたたらを踏んで背後のドアに身体を打ち付け、そのままずるずると座り込んでしまう。

ガラン！　とモップが床に落ちる音が空疎《くうそ》に響いた。

「カナちゃんっ！」

私は慌ててデスクから降りて彼に駆け寄ろうとして――誰かにはがいじめにされてしまう。

はっと振り向くと、鼻血をだらだらと垂らした金髪が歪な笑みを浮かべながら、私の喉にナイフを突きつけたところだった。

「あーあ、もう。ぼくちんのお鼻バッキバキだよぉ。なになに、キミ昴ちゃんのなんなの？　もっしかしてえ、雄大くぅん？」

「……昴を離せ」

「無視かよー。ったく、ちょっと逃げるからそこどけ」

カナちゃんは無言のまま、半目で金髪を見る。そうしてすっ、と制服から「それ」を取り出した。

薄暗い部屋、ランタンの灯りを黒々と反射するそれは――銃、だった。それをすうっと金髪に向ける。

「え、撃つの？」

ぽかんとした声で金髪が問う。

「昴を放せ。二度は言わない」

カナちゃんの低い声。静かな水面を揺らすような、落ち着いた声――それがかえって、ゾクリとするような怒気を感じさせた。背後で金髪がごくりと唾を飲み込み、口を開く。

「あははぁ、知ってるぞ。最初の一発は空砲なんだろ？　無駄《むだ》な脅《おど》しは」

その隙に逃げちゃうよん、と明るく言う金髪の男に向かって、カナちゃんは言う。

「そうだな。……普通はな」

「……？」

黙る金髪に向かって、彼は続けた。

「俺は普段から銃を携行することはない――だから装塡のときに間違ってしまうこともある、かもな」

「っ、いいのか、そんなことをすればこいつに当たるかも」

ずっと余裕ぶっていた金髪の声に、焦燥が入り交じる。

「そんなヘマはしない」

がちゃり、と音が響く。映画なんかでは、こういうのは大抵、安全装置を外す音――！

「か、カナちゃん！」

私は必死で彼を呼んだ。

「やめて！」

私はごちゃごちゃの頭で考える――カナちゃんが私のせいで、私のせいなんかで人殺しになってしまったら……！

「ひ、人殺しになっていいのかよっ！　警察官が……！」

「いい」

静かな声だった。

「昴のためなら俺は人だって殺す」

そう言って、私に向かって表情を和らげる。

「俺は彼女を愛しているから」

私は目を見開く――愛してる？

誰が？

カナちゃんが……私を？

呆然とする私から目線を外し、カナちゃんは金髪に向かってほんの少し小首を傾《かし》げ、うっすらと笑った。

「今すぐ死ぬか、昴を放してから死ぬかの二択だが……どうする？」

「……っ」

金髪は「あああああ！」と叫びながら私をはがいじめにしたままナイフを振りかぶった。

「きゃぁっ！」

目の前を、ランタンの灯りを反射するナイフの鈍《にぶ》い銀色が線を描くように通り過ぎていく。反射的に目を瞑《つむ》り、ぎゅっと身を縮めて――

ふ、と静かになる。

荒い息だけが聞こえて。

目を開くと、赤い線が見えた。つう、と垂れていく赤色——血、だ。

目を瞠《みは》る。私はいつの間にかカナちゃんの背に庇《かば》われていて、カナちゃんの右腕からぽたり、ぽたり、と血が落ちていっていた。

「……カナ、ちゃん」

細い声で彼を呼びながら、私は思い出す。

以前にもこんなことがあった。

あれは、あのお祭りの日、誘拐されかけたのは。

「……私」

ぽつりと言葉が零《こぼ》れる。

誘拐されかけたのは、私。

助けてくれたのが、カナちゃんだ……！

(私、なんで勘違いして——って！)

カナちゃんの視線の先に目をやり、びくりと肩を震わせる。

「う、嘘だよな？　撃たないよな？」

金髪の声が震えている。その額に、ぴったりと銃口が押し付けられていて——！

カナちゃんの表情は見えない。

だけれど、彼は迷わず引き鉄《がね》を引く。指の動きが、やたらとスローモーションに見え、た……

「ぎゃぁぁあ！」

金髪の悲鳴——私も叫び、カナちゃんの背中に縋《すが》りつく。

……と、やたらと軽い「カチッ」という音だけ部屋に響いた。

金髪が「へ？」って顔でヘナヘナと床に座り込むと同時に、部屋のドアが壊れんばかりな勢いで「ぐわぁん！」と開いて——

たくさんの怒号とともに、警察隊がなだれ込んできた。あれよあれよという間に、ドアを背に気を失っていた運転手の男も金髪の男も警官に拘束されていく。

私はカナちゃんの背中にぎゅっとしがみついたまま、それを眺《なが》めて。

拘束され、呆然とカナちゃんを見上げる金髪に向かって、カナちゃんは銃を放り投げた。

金髪の足元に「からん」というやけに軽い音を立てて銃が落ちる。

——え？

「ちなみに警察の銃の一発目が空砲というのは都市伝説だ——良かったな、玩具《おもちゃ》で」

「あ、お祭りの……」

私は彼の背中で呟《つぶや》いて、足から力が抜けるのを感じた――がしっ、と抱き抱えられる。

苦しそうな顔をしたカナちゃんと目が合った。以前、私が包丁で指先を切ったあの日みたいな顔をしたカナちゃんと。

「昴……っ」

強く、抱きしめられた。切羽詰まったような声と、震える指先。カナちゃんは何度も私の後頭部や背中を撫でた。ここに私がいるのを確認し続けているかのように。

彼の肩越しに、私服姿の雄大を見つけた。雄大もまた雨でびしょ濡れで、顔色を真っ白にして――英里紗ちゃんの腕を掴んで「あんた、何考えてんだ！」と低く怒鳴りつけている。

その顔と声に、雄大が何も知らなかったのだろうと分かった。ただ「誘拐したから助けに来い」とDMをもらって、必死で探し続けてくれていたのだろう……

雄大と目が合う。雄大は私とカナちゃんを見て少し眉を寄せて、それから「怪我は」と聞いて寄越《よこ》した。

「少しだけ……擦り傷くらい」

私の返答に、雄大は少しだけ安心した顔をする。雄大が英里紗ちゃんを立たせて、別の女性警察官が彼女を支える。

泣きすぎてぐちゃぐちゃになった英里紗ちゃんからは完全に力が抜けていて、酔っ払いみたいに支えられながら歩き出す。

私はそんな彼女の背中に向かって声をかけた。大きな声で、カナちゃんのシャツをぎゅっと握りしめながら。

「英里紗ちゃん！」

「……昴、ちゃん」

「私！　怒ってるよ、英里紗ちゃん！」

私の言葉に、英里紗ちゃんの肩がびくりと震える。

「すごく怒ってる……っ」

英里紗ちゃんが震えながら振り向いて、首を振る。

「違う、違うの……」

「英里紗ちゃんっ！　聞いて、私は自分で自分の道を選んだの！　これからもそうしていく！」

英里紗ちゃんは喘《あえ》ぐように何度か息をして、それから大きな目からぼたぼたと涙を零す。

「いや……いやだよ、昴ちゃん……」

泣きながら英里紗ちゃんは続ける。

「あの日、カツアゲされてた男の子を昴ちゃんが助けた日、あたし昴ちゃんになりたいと思った……！　あたしのやれないこと、全部、全部、昴ちゃんが叶《かな》えてくれる。ねえ、そうでしょ昴ちゃん、昴ちゃん……」

弱々しく私の名前を繰り返す英里紗ちゃんが支えられ、ドアを出て行く。

「昴」

カナちゃんの声に、私は顔を上げた。至近距離でぶつかる、揺れる瞳。

「怪我してる。痛くないか？　病院に……」

カナちゃんの言葉に思わず目を丸くした。

「病院行くべきはカナちゃんでしょう!?」

頬に、右腕に、それから左肩に！

「――ああ」

今気がついた、と言わんばかりの顔でカナちゃんは続ける。

「俺は問題ない」

「あるよ……っ」

ほら放して、とそっと左腕に手を当ててるけれど、彼は私を抱きしめる手を放そうとしない。

「離れたくない」

震える声でカナちゃんは言う。

「死ぬかと思った……！」

そうして怪我をしているはずの身体でさらにぎゅうぎゅうと私を抱きしめ、名前を呼ぶ。

切ない声で、狂おしい声で。心臓がぎゅうっと痛んだ。

「昴……っ」

「……ねえ、カナちゃん。一個だけ聞いていい？」

「ああ」

「愛してる、って……言った？」

カナちゃんは深く息を吐いて、それからまた「ああ」と頷《うなず》く。

「愛してる。昴……心から。もちろん、昴が俺のことを『男』として見ていないのは分かっている。けれど、俺は」

苦しそうな顔でカナちゃんが言うから、私は慌てて彼の言葉を遮《さえぎ》る。

「ちょっ、待って。ストップ。どういうこと？　私がカナちゃんを男として見てないって
……」

カナちゃんがきょとん、と私を見下ろす。

「違うのか？　いつまでも『ちゃん』呼びだったし、何度も『友達だ』と——」

「——っ、私はずっと、カナちゃんのこと大人の男の人だって、そう……」

「そう、なのか……？」

カナちゃんの瞳から目を離さず、私は言葉を紡《つむ》ぐ。必死で、分かってほしくて、大好きだって伝えたくて……！

「カナちゃんが私のことなんかを好きになってくれるはずないって思っていたから。だから、私……私、カナちゃんのこと、好……」

「ストップ」

カナちゃんが私の告白を遮る。

「——っ、悪かった。俺が……色々すっ飛ばして、抱いたから」

「カナちゃんが悪いんじゃないよ。私が……私も、弱気にならずに告白すれば良かったの。だからね」

「昴」

カナちゃんが再び私の言葉を遮り、そっとこめかみに口付けた。そうして耳元で囁《ささや》く。

「最初から、やり直させてくれないか？」

「最初から……?」

「改めて、俺から告白させてくれ」

私は目線を上げて、彼の顔を見る。雨に濡れて冷たいカナちゃんの身体――その耳たぶが、真っ赤になっていて。

私は眉を下げた。愛おしさで胸がパンクしそう。

「……カナちゃん、ほんとクソ真面目」

「褒《ほ》め言葉だよな?」

「うん」

きゅ、と彼にしがみつき直して、私は彼の胸に顔を埋める。どくどくどく、と聞こえる速い鼓動。

「好きだ、昴。俺と付き合ってくれ」

答えなんか決まってる。

私は顔を上げて、今できる精一杯の笑顔を浮かべて――本当は、大きな声で答えたかった。「私も好き」「もちろん」って。

なぜだか声が出ない。

喉の奥がひくひくする。嗚咽《おえつ》だけが漏れていて、カナちゃんが優しく背中を撫でてくれた。

あいつらに何されても出なかった涙が、ぼろぼろ溢れて止まらない。

私はこくこくと頷くしかできずにカナちゃんにしがみつき続けた。

ふ、と落ち着くと部屋には誰もいなくて——割れた窓の外からは喧騒《けんそう》と赤色灯。

「……気を遣わせたな」

今更ながらに、人前でぎゅうぎゅう抱きしめ合っていたことに気がついて赤面してしまう。ああ……でも状況が状況っていうか、うん……

ぱっと顔を上げると苦笑するカナちゃんと目が合って、自然と唇が重なった。

お互い冷え切った身体、なのに唇だけは——ほんのりと、温かかった。

9

「あ、んっ、そこやだっ、カナちゃんっ……」

言ってからハッとする。

私はカナちゃん……要《かなめ》くんに組み敷かれ、何度もナカを突かれて喉が嗄《か》れるほど啼《な》かされていた最中、で……

恐る恐る彼の顔を見上げると、要くんは嬉《うれ》しそうに眉を下げた。

「また言ったな。その呼び方やめると言ったのに」

「い、言ったけど、癖《くせ》でっ、ゃあっ！」

ごつん！　と音がしそうなくらいに強く奥を抉《えぐ》られる。私のお腹、一番奥は悦《よろこ》んで彼のを咥《くわ》え込み、きゅうきゅうと収縮して。

「あ、ああっ、あっ」

ビクビクと絶頂に身体を震わせる私に、要くんは楽しげに口にする。

「約束通りあと一回付き合ってもらうからな」

「や、やだっ、死んじゃうっ」

「その割には今、きゅって締まったけど?」

「うぅ……」

カナちゃん改め要くんと正式にお付き合いを始めて一ヶ月——季節が盛夏に変わった頃、私は彼に約束をした。

『これからは要くんって呼ぶね!』

別にいいのに、と要くんは言ってくれたけれど、なんとなくこう、けじめみたいな感じだった。

そもそも雄大《ゆうだい》が先に「要」と呼んだのだ。

『要、オレの親友泣かせんなよ』って——

だから私もこう、彼のことをちゃんと呼ぼうとそう決めて。

『もし言っちゃったら何かひとつ、言うこと聞くよ。そうしないと慣れなさそうだし』

なんて口を滑らせた私を私は叱《しか》りたい。

体力が保ちそうにない……!

一週間ほど前――あの事件から一ヶ月経った頃、逮捕された英里紗《えりさ》ちゃんの話を、ようやく要くんから聞くことができた。

ウチのリビング、おじいちゃんにお父さんとお母さん、それから私と要くんでテーブルを囲んで。テーブルの上にはホットコーヒーとたくさんのパン。何やらおじいちゃんが挙動不審――なのは置いておいて、要くんが事件の説明のために口を開いた。

『多くは母娘関係で見られるものらしいのですが』

と前置きした上で話してくれたのは――

『中田《なかた》英里紗が昴《すばる》に抱いていたのは、いわゆる教育虐待の原因にもなりうるものと同類のものらしいです。母親ができなかったことを娘に期待する。大学に行けなかったからいい大学に、ピアニストになれなかったからピアニストに、医者になれなかったから医者に――あるいは逆に、自分が結婚して子供を産んだから娘にもそうなってほしい、など……そう期待するだけじゃない、自分と娘を同一視してしまう。少しでも期待に背こうものならば烈火の如《ごと》く怒り狂う』

その言葉に、青筋立った英里紗ちゃんの形相を思い返す――優しい英里紗ちゃんだとは思えない、激しい怒りを浮かべたあの顔を。

『中田英里紗は、いじめが原因でこの街にいる間に昴に自己投影をしてしまったのだと思います。最初は憧れだったのかもしれませんが……それが徐々に、自分の思い描く人生を昴に代理で歩ませたいと。自己投影が同一視に変わってって……本人にその自覚はなかったとは思うが』

『……確かに、英里紗ちゃんはお菓子作りとか好きだったけれど……でも英里紗ちゃん、それならそっちの道に進めば』

英里紗ちゃんは成績優秀で、どんな学校にだって行けた。きっとどんな就職だってできたはずなのに。

私の言葉に、要くんはゆるゆると首を振った。

『俺にも多少の覚えがある——周りの期待に、背けなかったのだろう』

私から見ると、英里紗ちゃんは完璧な人生を歩んでいるように見えた。

それこそ英里紗ちゃんのご両親だって、人並み外れて優秀な英里紗ちゃんに期待した。いい大学へ。より有名な企業へ。そこでは誰より早く出世してほしい。優秀で、従順で、真面目で、——だからこそ、折れてしまった。

ぽきりと。

それを支えたのが、私に対する執着だったのかもしれない。

『でも、なんで英里紗ちゃんは私と雄大を結婚させようと？』

『……はっきり供述したわけではないらしいのだが、彼女は雄大に恋情を抱いていたようなんだ』

『え！』

私は目を丸くして、同時に疑問が深くなる。

『それなら余計、なんで……』

『中田先輩のこうあるべきと決めた結婚相手に、雄大は一致していなかったんだ』

『こうあるべき？』

『理想の形、と言えばいいだろうか？　もしくは――〝自分に釣《つ》り合う〟――そんなもの、関係ないのに』

私はちょっと耳が痛い。

だって、私も勝手に『要くんには自分は釣り合わない』って決めて、ウジウジウジウジしていたんだから。

『雄大への感情が大きくなるにつれて、ただでさえ脆《もろ》い精神のバランスが崩れた』

こうあるべき、なのに――

英里紗ちゃんの葛藤は、結局同一視していた私にそれを叶《かな》えさせるという執着に結びついて……私は胸が痛くなる。

英里紗ちゃんはそうまでして「完璧」な自分を演出して――

辛《つら》く、なかったのだろうか。

『……ところでさ。要くん。さっき〝俺にも覚えがある〟って。本当は他にしたいことがあったの？』

『いや？　今の職業は自分に合っていると思う』

その言葉にこくりと頷《うなず》く。すると、お母さんが少し震える声で唇を開いた。

『昴、昴は……他にやりたいこと、なかったの？』

私はお母さんに視線を向けた。お母さんはじっと私を見つめて続ける。

『お店のことがあるから職業も決めたの？　英里紗ちゃんに言われて決めたの……？』

そっと手を握られて――私は笑って首を振る。

『違うよ。自分で……あのさ、はっきり言ったことなかったけど、おじいちゃんのメロンパンに憧れてたんだよ。こんなパン作りたいなって』

『……お父さんは？』

お父さんがなんだか悲しそうな瞳で私を見ている。慌てて『お父さん！　お父さんにもっ！』と言い足した。ふう、危ない危ない……

おじいちゃんはなんだか普通だった。『オレに憧れるのなんか当たり前だろう？』みたいな……相変わらず唯我独尊《ゆいがどくそん》だ。

『だからね』

と私は言葉を付け足す。

『この仕事は続けたい。でもね、お店はね、継げないかも……なりたいものが、できたから』

『なあに?』

ぱっと顔を上げる。要くんと目が合った。「いいのか?」って言ってる瞳に、こくんと頷いて口を開く。

『か、……要くんの、お、お嫁さん……』

言いながら頬が熱くなる。

ああもう、なんて気恥ずかしいの……! ていうか「お嫁さん」って! 子供みたい! もっと言い方あったでしょ私!

間髪入れず、要くんがただでさえピシッとしている背筋をさらに正して頭を下げた。

『おじいさん、お義父さん、お義母さん。昴さんを一生大切にするので、結婚を許してもらえませんか』

返事をしたのは、おじいちゃんだった。立ち上がってバンザイして呵呵大笑《かかたいしょう》、って感じで。

『よしよし！　お見合い作戦大成功じゃー！！！』

私はぽかん、とおじいちゃんを見上げた。

お、お見合い作成大成功……？　大成功とは？

っていうか、お、お見合い⁉

『ど、どういうこと？　お見合いっ⁉』

うむ、と頷くおじいちゃんに私はさらに問いかける。

『私と要くん、お見合いなんかしてないよ⁉』

私は要くんの「お世話係」だったんじゃ……

『いやな、大岡《おおおか》の爺さんが今時の若者は自然な出会いの方がいいんじゃないかなんて言うから』

『おじいちゃんっ！！！』

お世話係のどこが自然な出会いなの⁉

『どうした？　なんで怒っとるんだ？』

ぽかんとしているおじいちゃんに、私はすっかり脱力して怒る気力もなくなって……

英里紗ちゃんからは弁護士さん経由で手紙が一通だけ、届いた。「ごめんなさい」のただ、ひとこと。

私は「今度一緒にパン作ろうね」って返事を返した。英里紗ちゃんはやってしまったことがあまりに大きすぎて、きっともうしばらくは会えないけれど——私もまだ怒ってるけど——許せないけど、でも、それでも色んな思い出があって、ありすぎて……どうしても、憎み切れない。

ごちゃごちゃしてる感情を抱えてまだちょっとトラウマみたいになってる部分もあるけれど、要くんとなら乗り越えていけるんじゃないかって思ってる。

ちなみに要くんは私を誘拐したふたり組をボッコボコにした責任を問われ、減給と戒告処分を受けたけれど——それだけで済んだ。というのも状況が状況だったし、そもそものチンピラふたり組を逮捕できたのが大殊勲《しゅくん》だったらしいのだ。

半グレ組織の末端なふたりだったけれど、そもそも強盗、窃盗、殺人未遂で指名手配されていただけでなく、合成麻薬の販売組織にも関わっていたらしい。

彼らの情報を元に都内で大規模な摘発が行われることになった。その大金星との相殺——のような形になったんじゃないか、って話だった。

それでも申し訳なくて謝る私を要くんは抱き寄せて、ゆっくりと髪を撫《な》でて……耳を甘噛《が》みする。

『要くん?』

『謝らないでほしい。俺が理性吹き飛ばして勝手にしたことだから』

次々に降ってくるキス。こめかみに、額に、頬に、唇に。触れるだけの優しいキス。

『あのとき言った言葉に、嘘偽《うそいつわ》りは一切ない』

そう言って彼は私の手を握る。その大きな手にはまだ真新しい傷跡。塞《ふさ》がったばかりの
――まだかなり、痛々しい。

『また傷、残っちゃったね』

私はそっとそれに触れる。

古い傷跡にも――

ふたつとも、私のせいでついてしまった傷跡。繋《つな》いだまま持ち上げて、キスをする。

要くんが私の傷跡にキスをする理由が、やっと分かった。

『勲章だ』

要くんは誇《ほこ》らしげに言う。

『好きな女を守った証の』

そう言って、また私に絶え間なくキスをして――その合間に、私は彼に伝える。

『要くんは、ずっと――ずっと、ちゃんと男の子だったんだね』

赤い振り袖の、カナちゃんだったときから。

徹頭徹尾《てっとうてつび》、誰かを守る男の子だったのだ。

もちろん私も、ただ守られているだけの女の子ではなかったのだけれど――その証拠の首の傷跡に、要くんがキスを落とす。

『ごめんね、すっかり忘れてて。多分、目の前で要くんが大怪我したのが、ものすごくショックだったせいだと思うんだけれど……』

それに要くんは優しく頷《うなず》いて、それから私の名前を呼ぶ。

『なあ昴』

『なあに？』

『男の子がしないこと――していいか？』

『……へ？』

『もちろん、まだ怖いなら……』

気遣わしげな声と表情に、私は首を振って――

というか、要くんとなら、最初から怖くなんてなかったのに。

ずっと気遣ってくれていたその気持ちが、愛おしくて嬉《うれ》しい。

そして今に至る、というかなんというか……

「やっ、だからっ、そこばっかりダメっ、ぁんっ、あっ、ぁあ……っ」

「昴ここ弱いよな。イきっぱなしでキツくないか？」

要くんが私の最奥をぐっぐっと抉るように突き上げながら優しく言ってくれるけれど

――い、イかせてるの要くんなんだからっ！

「あ、あっ――！」

びくん！　と跳ねる身体を押さえつけ、要くんがぐちょぐちょに蕩《とろ》けながら痙攣《けいれん》し続ける私の肉襞をさらに擦《こす》り上げる。

「んっ、んんっ、無理っ、死んじゃうってばぁ……っ」

きっと今、私、感じすぎてものすごく変な顔してる。それが恥ずかしすぎて顔を隠そうとすると、ぱっと手を取られて緩くバンザイするみたいにシーツに押し付けられた。

指と指が絡み、真上から覗き込んでくる要くんのぎらぎらした視線と目が合う。すっと目を逸《そ》らすと「こら」と猫でも宥《なだ》めるみたいに叱《しか》られた。しぶしぶ視線を戻すとごちゅっ！　と最奥に彼のがぶつかる。

「ゃ、……ぁ……っ」

背を反らす。あまりの悦楽に、視界がチカチカする……半分飛ばしかけた意識を引き戻すように要くんが浅く動き出す。ぐちゅぐちゅと淫《みだ》らな水音が部屋に響く。

「あー……ぐっちゃぐちゃの昴、ほんと可愛い」

はあ、と息を吐《は》いて要くんは浅いところに抽送を続ける。私は荒く呼吸を繰り返しながら喘《あえ》ぎ続けるしかできなくて。

「んっ、ぅ、あっ、ぁあっ、あっ」

「めちゃくちゃナカ甘えてきててクソ可愛い……」

ナカが甘える、ってどういう意味なんだろう？

喘ぎながら抱いた疑問が顔に出ていたのか、要くんは目を細めて教えてくれる。

「昴のナカがきゅうきゅう俺のに吸い付いてうねって収縮してめちゃくちゃ気持ちいいって意味だ」

「っ、あぅっ、き、聞いてないぃ……っ」

「そうか？　聞きたそうな顔をしていたから」

飄々《ひょうひょう》と答えて要くんは私をぎゅうっと抱きしめる。声と行動が全然違う――かき抱くような、激しい抱擁《ほうよう》……要くんのが一気に奥に入ってきて、私は高く嬌声を上げた。子宮を突き上げるかのような衝撃は、お腹どころか全身を快楽に誘う。

イってしまうの、もう何度目か分からない。

「も、無理……っ」

彼の背中をペチペチと叩《たた》く。

「ぁっ、だ、めぇ……っ、ほんとにっ、ほんっ、要くん止まってぇっ」

要くんが嬉しげに笑ったのが分かった。

「なぜ？　こんなに気持ちよさそうなのに」

「も、イくの、やだぁ……っ！　明日起きれない……っ」

「休みだから寝ていたらいいだろ？」

「ん、やっ、イ、く……っ、ぁ、あ……っ」

私の肉襞が要くんのを強く強く締め付けた。

ナカがビクビク強く痙攣している。肉襞は甘く蕩け、意志とは全く関係なくひたすらにはしたなく快楽を貪《むさぼ》り、うねり、温い体液を滲《にじ》み落とす。

「あ、あ……」

腰のあたりに電流が走ったかのようになって、もう身体が動かない。

要くんのがどくどく拍動し、薄い被膜に欲を吐き出して——私は要くんに抱きしめられたまま、天井を眺《なが》めながらハアハアと荒く息を繰り返す。

（お腹、熱い……）

絶頂の残滓《ざんし》にまだ身体に力が入らない——要くんがゆっくりと私から出て行く。

半分落ちかけた意識でぼんやりと彼を見上げる——私を愛おしそうに見つめてくれる瞳、端正な眉目と、傷跡のある頰。瞼《まぶた》が下がって行くのと同時に、視線も落ちて行く——くっきりとした男性らしい喉仏、古いものと痛々しいものとふたつある傷跡、鍛えられた身体、汗でしっとり湿った肌、……愛おしい彼を構成する全てのもの。

（……？）

私はぱちぱちと目を瞬《またた》く。

眠りかけていた意識が戻る。あれ？

「勃《た》っ……？」

要くんが白濁《はくだく》の溜まったゴムを外してティッシュに包む。

「終わりなんて言ってないだろ？」

要くんは笑ってそう言って、ひょい、と私を抱き上げ、向き合う形で自分の膝の上に乗せた。下腹部に当たる彼の屹立……

「あと一回するって約束しているし」

飄々と言う彼の身体にもたれかかりながら、私はちょっと必死な声を出す。

「明日じゃだめ……!?」

「そうだなあ」

要くんが私の背骨を指先でつうっと撫で上げる。

「いちゃつきながら考えようか」

肩甲骨を形取るように指でなぞり、彼が言うから——

「……それって私、その気にさせられちゃうやつ？」

私の疑問に要くんが微《かす》かに笑い声を立てて、それから「好きだよ」なんて言うから、私もつい、顔を上げて笑ってしまう。

「ねえ、誤魔化してる？」

「してないしてない」

笑ってこつん、と額を合わせ、要くんが「そういえば」と囁《ささや》くように言った。

「なあに？」

返事をする私の頰にキスをしてから、要くんは「あの指輪、拾ってあったんだ」と身体を少し捩り、ヘッドボードの棚を開ける。

「あの指輪？」

「『プリンセスセット』の」

「えー！　ほ、本当に⁉」

嬉しい、って私はちょっと涙ぐんでしまう。だってとっても大切だったのに、要くんから初めてもらったプレゼントだったのに、あのときに――白いバンに連れ込まれたときに失くしてしまったと思っていた。

「ありがとう」

彼の目を見つめて言う。要くんはなんだか少し悪戯《いたずら》っぽく目を細めて――でもなんだか、どこか緊張してる面持ちだった。

「？」

要くんはやけに恭《うやうや》しく私の左手を取った。そうして薬指に――薬指？　私は目を瞬く。

あの指輪は子供用で、私の薬指に嵌《は》まるような、そんなサイズじゃないはずで――

私は目の前にある自分の左手薬指をまじまじと見つめた。そこにぴったりと嵌まり、恒星みたいにキラキラと並んで輝く透明の石――一目でダイヤモンドだと分かるそれの、エタニティリング。

要くんは小指にも指輪を嵌めてくれる。プラスチックの、イミテーションのルビー。私は声が震えないように気をつけながら、なんとか声を絞り出す。

「両方、……大切にするね。死ぬまで大事にするから、お葬式のときはお棺にいれてね」

「ばか、俺より先に死ぬな。——なあ昴、笑って」

要くんが笑いながら私の頬を両手で包み、覗《のぞ》き込む。私は泣きながらなんとか笑って、それから言う。

「死ぬまで一緒にいてね」

「死んでも一緒にいるつもりだよ、俺は」

額に落ちてきた彼からのキスに、私はそっと息を吐き出す。

「昴、愛してる」

大好きな人が、私が愛おしいって声でそんなことを言ってくれる。胸がきゅうっと切なく痛む。大好きすぎて心臓が蕩けそうにずくずくする。涙で眼球、蕩け落ちそう。

——ので、私は無駄《むだ》な抵抗はやめて、大人しく「その気」になってあげるつもりなのです。

「私も愛してる」って、その一言を添えて——

お互いを求めて、唇が重なる。

やっぱり愛は、伝えなきゃね。

番外編

　失敗だったのは、そのあまりに可愛らしいドレスに思い切り反応してしまったことだった。

「そういうのがいいのか？」

　ソファに座る私の肩越しにタブレットを……ウエディングドレスの写真が並ぶその画面を覗《のぞ》き込みながら要《かなめ》くんが言う。仕事帰りの彼は、ネクタイを緩めながら頬も緩めて。

「似合いそうだな」

　嬉《うれ》しげな彼を見上げて私は自分の頬が引き攣《つ》るのを覚えた。――いや、無理でしょ。

「似合わないよ！　こんなにレースがふりふりのドレスなんて！」

　プリンセスラインの、裾に向かってスカートがふんわり膨らんだドレス。お姫様みたいな、そのドレス……

　要くんの家で一緒に暮らすようになって三ヶ月。来年の四月に式を控え、ウエディングドレスを（なんとセミオーダーだ。要くんはフルオーダーを主張したけれど、一回しか着ないから……）準備する最初の段階、ドレスのタイプ選びで私はまず躓《つまず》いた。

（き、気恥ずかしい……っ）

そもそもの性格が「女の子」らしくすることに気恥ずかしさを覚えるタイプだ。

中高の制服生活でスカートそのものには慣れたし、ＴＰＯに合わせて（それこそ友達の結婚式とかで）ドレスを着ること自体にも抵抗はない。ないけれど、極力シンプルなものを選ぶようにしていて……

だから、自分のウエディングドレスももちろんそうするつもりだった。

なのに、カタログでプリンセスラインのお姫様みたいなドレスを見かけた瞬間、小さい頃の（それこそ「プリンセスセット」に憧れていた頃の！）記憶とか感情がぶわっと蘇《よみがえ》って、思わず食い入るように見つめてしまっていたのだった。

そこを要くんに目撃されて……

そしてなぜか今、腕相撲勝負を挑まれている。「なんでもひとつ言うことを聞かせられる権利」をかけて。

「……なんで腕相撲？　ていうか私、不利だよね？」

「なんだ逃げるのか『昴《すばる》くん』？　俺は左手なのに？　昴は両手使っているのに？」

思い切り挑発されて、簡単に私はその挑発に乗ってしまった。

「ほおん？　要くん、料理人の腕力舐《な》めたことを後悔させてあげようか？」

結果として、まあなんというか、左手だとか両手だとか関係なく……

「ずるいよ要くん、本気出すなんて！」

「いや、昴、思ったより力強くて」

びっくりした、と要くんが左手を振りながら言っていて私はちょっと得意げになる。

「当たり前だよ！　毎日小麦粉捏《こ》ねてるんだから！」

そう堂々と答えたけれど、まあ結果としては負けているんだよなあ……

「まあ負けは負けだからさ、ひとつ言うこと聞くよ」

「本当だな？　二言はないな？」

「ないよ！　なに？　エッチなの以外だよ」

「期待してるのか？」

「してないってば！」

「ふうん」

要くんはちょっとニヤニヤしながら私を見て——それから「ご期待に添えなくて悪いけれど」と言葉を続けた。

「期待してないよ！」

「ウエディングドレス、明日試着があるだろ？」

私は「？」を浮かべながら首を傾《かし》げる。

「あるけども」

「俺が選んだものも試着してくれないか？」

「え？」

ぽかんと彼を見返した。

「いいけど、なんで？　そんなことでいいの？」

なんかもっとこう、変なこと要求されると思ってた。この間バッティングセンターで惨敗を喫したときは……あんな下着を人生で着ることになるなんて思わなかった。透けてて布の意味ないじゃん！　ってやつ……

あれ以来、なんか要くん、私に服やら下着やら着せたままエッチするのにハマってるんだよなあ。クソ真面目なくせに、変態だ。そのうち変なコスプレ衣装とか買ってきそうで怖い。

『いけないことをしている気分になって凄《すご》く興奮する』

なんて言っていたから、なんかこう、普段真面目すぎて変なところに反動が来ているんじゃないかななんて私は思ってるんだけれど……

「だ、だからこういうのは無理だって言ったじゃん！」

「二言がないんじゃなかったのか」

むぐ、と口をつぐむ。

式を挙げる予定の都内のホテルの衣装室。その広い試着室で要くんが選んだのが……例の、プリンセスラインのウエディングドレスだったのだ。

「わあ、お似合いですよ！」

衣裳担当のスタッフさんが大きな鏡越しに満面の笑みを浮かべてくれている。いるけれど、私はなんだか恥ずかしくて鏡の自分から目線を移した。

「さすが新郎様、新婦様にお似合いのものをよく分かっておいでですね！」

「そうでしょう」

要くんは飄々《ひょうひょう》と答える——私はこっそり、彼を睨《にら》みつけた。私がこういうの、恥ずかしがるって分かってるくせに。

（でも……）

ゆるゆると視線を鏡の自分に戻す。

ふんわりと広がったスカート。たくさんのレース。キラキラと光るガラス製のビーズ。

（ああ、こういうの、だったなあ……）

私はこっそりとウエディングドレスの裾を掴《つか》む。こういうのに、憧れてた。着て……みたかった。まじまじと自分を見つめる。……うん、馬子《まご》にも衣装……じゃないけれど、まあ、似合ってなくも、ない……んじゃない？

思わず頬が緩む。

どきどきと胸が弾《はず》む。

くるりって回ってみたくなる。小さい頃に憧れたドレスを着るお姫様みたいに、スカートの裾がふんわりと広がるに違いなくて。

（これで式したら、素敵《すてき》だろうなあ……）

ちょっとうっとりしてしまうけれど、……うん、キャラじゃないよね。

「せっかくなので、ティアラやアクセサリーもお持ちしますね」

衣装担当のスタッフさんがそう言って、試着室を出て行く。ふたりきりになった途端、要くんが私のそばまでやってきて私の耳元で囁《ささや》いた。

「ほら、似合ってる」

私は耳たぶまで熱くなる。なんかもう色々、要くんには見透かされているなあ……

「あ、ありがとうね？　試着とはいえ、うん、着てみれて良かった」

ちょっとだけでも、お姫様気分、味わえた。

「本番もそういうのにしたらいいじゃないか」

「こ、これ人前で着るのは自信が……」

モゴモゴと言う私の耳殻を、要くんが唇で食《は》む。

「ふぇっ！」

「こら、静かに」

要くんの指先が、つつ、と首筋や鎖骨を撫《な》でる。それだけで私は、すっかり要くんに反応する身体にされてしまっている私は、びくりと身体を跳ねさせてしまって。

「か、要くん、何をっ」

「そうだなあ。胸には触らない。ナカにも挿《い》れない。それでも指で昴がイったら、昴の負け」

「え、えっ!? な、何始めてるの勝手にっ」

「負けたら言うこと聞いてくれ」

私の意志とは裏腹に、要くんの指に熱を持たされていく身体。丹念に耳の下を撫でられ、脊骨に指を這わされ、また鎖骨を鳥肌が立つくらいソフトに触られて――そうして耳の穴の前、こりこりとした耳の軟骨を優しく刺激されて。

「ん……っ！」

ぴくん、と肩を揺らし、思わず要くんにしがみついた。要くんが喉で笑う。

「ほらイった。なあ、骨でイくのってどんな感覚なんだ？」

「し、知らないっ」

こんなフシダラな身体にしたの、要くんのくせに‼

きっ、と睨みつける私に要くんは肩をすくめて「じゃあお願いごとな」といけしゃあしゃあとのたまった。

「なあに！」

「……昴が式で本当に着たいドレス、どんなやつ？　教えてくれ」

私は上げていた眉をしゅんと下げる。

なんか、もう、要くんって……なんでこんなに私のこと見透かしちゃってるんだろ。

「……こういう、やつ」

私は素直に答えた。

だって負けちゃったから。まあ半分ヤケクソだけれど。

「こういう、お姫様みたいなの！」

ん、と要くんは優しく頷《うなず》いた。

「じゃあ着よう。こういうやつ」

「でもっ、きゃ、キャラじゃないし」

「キャラじゃなくても似合うから」

お姫様だから、と要くんは私の手を取り、手の甲にキスを落としながら言う。

「俺のお姫様になってくれ、昴」

私は思わず絶句する。

要くんにそんなこと言われて、頷かない人類が果たしているのだろうか……なんて私は思いながら、おずおずと頷いた。頬が熱い。頬どころか耳たぶも、目の奥も――

「要くん、大好き」

「俺は死ぬほど愛してる」

要くんはそう言って満面の笑みを浮かべて私の手を離し、それからおもむろにウエディングドレスを観察し始めた。

「どうしたの……?」

「いや、どうやって着せるのかなこれと思って」

「ん？　着せてもらうときはスタッフさんがいるよ?」

「いや、自宅で」

「自宅……？　家で着、……！」

私はばっと振り向き、背中のリボンを観察していた要くんに思わず叫《さけ》ぶ。零《こぼ》れそうになっていた涙は、ピャッと引っ込んだ。だって、だって……！

「要くんっ……！」

「なんだ？」

「絶対レンタルはダメだって主張してたの、ま、まさか……！」

ピースが繋がっていく。レンタルでいいって言う私に「絶対オーダー、最低でも買い取り」と頑《かたく》なに主張した要くん。変な下着を私に着せて以来、変態度が増して色んな服を着させるようになっていた要くん。

「レンタルだと汚《よご》せないだろ？」

「だ、だめだよ汚さないでよ！」

何する気なの！

「まあ極力」

要くんは飄々と言いながら、私のうなじにキスをする。

「早く赤ちゃん欲しいよな、昴」

「……！！！！」

それってつまり、ウエディングドレスでするときはゴム着けないって……ええと、ええっと！

情報量が多すぎる！

私は頬を熱くしながら、「お待たせしました～」とティアラ片手に笑顔で試着室のカーテンを開けるスタッフさんになんとか微笑《ほほえ》みを返す。なんやらかんやらされてたの、バレてないよね……？

鏡越しに見る要くんは、「何もしてませんよ」って顔で飄々と微笑み、こう言った。

「すみません、ティアラもオーダーできますか？」

「ちょっと待って、何する気なの――！！！？」

スタッフさんが「？？？」顔で私と要くんをキョロキョロ見ている。私は必死で愛想笑いを浮かべて……要くんは私だけに分かるくらい、にやりと片方の頬を上げて。

私は頬を膨らませて彼を睨む。

そんな私を見て、要くんは本当に幸せそうに目を細めたのでした。

……さて、ウエディングドレスがどうなったかは、ご想像にお任せいたします。

あとがき

パンが好きです。パン屋さんはしごするくらい好きで、今日もベーコンエピとベーグル買ってきました。トレイを持ってトングをカチカチするあの瞬間が人生で最も興奮すると言っても過言ではありません。

なぜ私はこんなにパンが好きなのでしょうか。きっと幼少期の幸せな記憶と結びついているからです。焼きたてのパンは幸せのにおいがします。

そんな感じのことを書いたような気がする今作ですが、少しでも楽しんでいただけたならば幸いです。

またこの場をお借りして、素敵すぎるイラストを描いてくださいました黒田うらら先生、また編集様はじめ関係者の皆様にお礼申し上げます。

そしてなにより、読んでくださった読者様には何度感謝を伝えても伝えきれません。

本当にありがとうございました！

エリート警察署長のお世話係に任命されたら溺愛が待っていました⁉

Vanilla文庫 Miel

2022年6月5日　第1刷発行　　定価はカバーに表示してあります

著　作　にしのムラサキ　©MURASAKI NISHINO 2022
装　画　黒田うらら
発 行 人　鈴木幸辰
発 行 所　株式会社ハーパーコリンズ・ジャパン
東京都千代田区大手町1-5-1
電話 03-6269-2883（営業）
0570-008091（読者サービス係）
印刷・製本　中央精版印刷株式会社

Printed in Japan ©K.K.HarperCollins Japan 2022 ISBN978-4-596-70665-2